U0108581

新 視 野
中華經典文庫

新 視 野
中華經典文庫

元曲三百首

名譽主編 饒宗頤

導讀及譯注 向鐵生 康震

中華書局

新視野中華經典文庫

元曲三百首

□
導讀及譯注
向鐵生　康震

□
出版
中華書局（香港）有限公司
香港北角英皇道 499 號北角工業大廈一樓 B
電話：（852）2137 2338　傳真：（852）2713 8202
電子郵件：info@chunghwabook.com.hk
網址：http：//www.chunghwabook.com.hk

□
發行
香港聯合書刊物流有限公司
香港新界大埔汀麗路 36 號
中華商務印刷大廈 3 字樓
電話：（852）2150 2100　傳真：（852）2407 3062
電子郵件：info@suplogistics.com.hk

□
印刷
深圳中華商務安全印務股份有限公司
深圳市龍崗區平湖鎮萬福工業區

□
版次
2014 年 8 月初版
2022 年 4 月第 2 次印刷

□
規格
大 32 開（205 mm × 143 mm）

□
ISBN：978-988-8290-79-6

出版說明

為甚麼要閱讀經典？道理其實很簡單——經典正正是人類智慧的源泉、心靈的故鄉。也正是因此，在社會快速發展、急劇轉型，因而也容易令人躁動不安的年代，人們也就更需要接近經典、閱讀經典、品味經典。

邁入二十一世紀，隨着中國在世界上的地位不斷提高，影響不斷擴大，國際社會也越來越關注中國，並希望更多地了解中國、了解中國文化。另外，受全球化浪潮的衝擊，各國、各地區、各民族之間文化的交流、碰撞、融和，也都會空前地引人注目，這其中，中國文化無疑扮演着十分重要的角色。相應地，對於中國經典的閱讀自然也就有不斷擴大的潛在市場，值得重視及開發。

於是也就有了這套立足港臺、面向海外的「新視野中華經典文庫」的編寫與出版。希望通過本文庫的出版，繼續搭建古代經典與現代生活的橋樑，引領讀者摩挲經典，感受經典的魅力，進而提升自身品位，塑造美好人生。

本文庫收錄中國歷代經典名著近六十種，涵蓋哲學、文學、歷史、醫學、宗教等各個領域。編寫原則大致如下：

（一）精選原則。所選著作一定是相關領域最有影響、最具代表性、最值得閱讀的經典作品，包括中國第一部哲學元典、被尊為「群經之首」的《周易》，儒家代表作《論語》、《孟子》，道家代表作《老子》、《莊子》，最早、最有代表性的兵書《孫子兵法》，最早、最系統完整的醫學典籍《黃帝內經》，大乘佛教和禪宗最重要的經典《金剛經》、《心經》、《六祖壇經》，中國第一部詩歌總集《詩經》，第一部紀傳體通史《史記》，第一部編年體通史《資治通鑒》，中國最古老的地理學著作《山海經》，中國古代最著名的遊記《徐霞客遊記》，等等，每一部都是了解中國思想文化不可不知、不可不讀的經典名著。而對於篇幅較大、內容較多的作品，則會精選其中最值得閱讀的篇章。使每一本都能保持適中的篇幅、適中的定價，讓普羅大眾都能買得起、讀得起。

（二）尤重導讀的功能。導讀包括對每一部經典的總體導讀、對所選篇章的分篇（節）導讀，以及對名段、金句的賞析與點評。導讀除介紹相關作品的作者、主要內容等基本情況外，尤強調取用廣闊的「新視野」，將這些經典放在全球範圍內、結合當下社會生活，深入挖掘其內容與思想的普世價值，及對現代社會、現實生活的深刻啟示與借鑒意義。通過這些富有新意的解讀與賞析，真正拉近古代經典與當代社會和當下生活的距離。

（三）通俗易讀的原則。簡明的注釋，直白的譯文，加上深入淺出的導讀與賞析，希望幫助更多的普通讀者讀懂經典，讀懂古人的思想，並能引發更多的思考，獲取更多的知識及更多的生活啟示。

（四）方便實用的原則。關注當下、貼近現實的導讀與賞析，相信有助於讀者「古為今用」、自我提升；卷尾附錄「名句索引」，更有助讀者檢索、重溫及隨時引用。

（五）立體互動，無限延伸。配合文庫的出版，開設專題網站，增加朗讀功能，將文庫進一步延展為有聲讀物，同時增強讀者、作者、出版者之間不受時空限制的自由隨性的交流互動，在使經典閱讀更具立體感、時代感之餘，亦能通過讀編互動，推動經典閱讀的深化與提升。

這些原則可以說都是從讀者的角度考慮並努力貫徹的，希望這一良苦用心最終亦能夠得到讀者的認可、進而達致經典普及的目的。

「弘揚中華文化」是中華書局的創局宗旨，二〇一二年又正值創局一百週年，「承百年基業，傳中華文明」，本局理當更加有所作為。本文庫的出版，既是對百年華誕的紀念與獻禮，也是在弘揚華夏文明之路上「傳承與開創」的標誌之一。

需要特別提到的是，國學大師饒宗頤先生慨然應允擔任本套文庫的名譽主編，除表明先生對本局出版工作的一貫支持外，更顯示先生對倡導經典閱讀、關心文化傳承的一片至誠。在此，我們要向饒公表示由衷的敬佩及誠摯的感謝。

倡導經典閱讀，普及經典文化，永遠都有做不完的工作。期待本文庫的出版，能夠帶給讀者不一樣的感覺。

中華書局編輯部

二〇一二年六月

目錄

任昱

徐再思

宋方壺

無名氏

《元曲三百首》導讀

向鐵生　康震

元曲概況

唐詩、宋詞之後，中國文學迎來了又一座高峰——元曲。正如元代人羅宗信《中原音韻序》所言：「世之共稱唐詩、宋詞、大元樂府，誠哉！」其中亦可見元人自己對元曲之看重，認為其已然可與唐詩、宋詞並立而三。這種觀念也是一種創作的自覺，帶來了元曲創作的豐收。綜元一代，元曲在題材內容、技巧手法及傳播影響等方面表現均遠超詩詞，成為元代之最佳文學樣式。其後王國維在整理研究宋元戲曲時更是據此提出一代有一代之文學的概念：「楚之騷、漢之賦、六代之駢語、唐之詩、宋之詞、元之曲，皆所謂一代之文學，而後世莫能繼焉也。」（《宋元戲曲史》）評價精當，可謂的論。

同宋詞一樣，元曲本身也是音樂與文本的統一體。不過比宋詞的音樂性更為複雜的是，元曲的音樂性不光包括「曲牌」，還有「宮調」在內。「曲牌」同「詞牌」類似，是各種曲調的泛稱，每個曲牌大體上都規定了相應的曲調和唱法，同樣的，其字句、平仄等也有相應的規則。

曲牌名有自詞牌名而來的，但體制、內容並不一致，已多有發展變化。「宮調」則是元曲中曲調的調式。元曲中使用的宮調主要為五宮四調，即仙呂宮、南呂宮、中呂宮、正宮、黃鐘宮和大石調、商調、越調、雙調。各宮調音樂不同，風格和唱腔也不同。有的比較悲壯雄闊，有的比較哀感低沉，有的比較纏綿悠遠。不同曲牌的調式接近，則屬於同一宮調。元曲雜劇創作換宮調時往往也伴隨着換韻現象。元曲同宋詞不同之處還在於襯字的使用。元曲中可以在規定的曲律之外使用襯字以表達曲意和豐富聲情，襯字的多少並無限制，如關漢卿的《南呂·一枝花·不伏老》：「我正是個蒸不爛煮不熟槌不匾炒不爆響噹噹一粒銅豌豆。」「響」字前加了十幾個襯字，可謂多矣。正是由於襯字的存在，同一曲牌的曲子往往出現字數不同的現象。

從形制上講，元曲包括雜劇和散曲兩大類。其中散曲又可分為小令、帶過曲和套數三類。小令是指獨立成篇的單支曲子。帶過曲主要是指由兩支或三支單曲組成的曲子，因為是由前一支曲子連帶後曲，故稱。一般兩曲之間以「帶」、「過」或「兼」命名。如《快活三過朝天子四邊靜》一曲即由《快活三》帶《朝天子》和《四邊靜》兩曲共同組織而成。套數又稱套曲，一般由三支或三支以上的曲子組織成篇，同套曲押韻相同，文體上多用襯字，更加靈活，也更加散漫。我們一般所說的元曲主要是指散曲，特別是散曲中那些當行本色、雅俗共賞、嬉笑怒罵、風情萬千的小令和帶過曲。元人羅宗信《中原音韻序》中自詡的「大元樂府」即是指此，其後效仿蘅塘退士《唐詩三百首》和上彊村民《宋詞三百首》而選的《元曲三百首》也是如此。

關於《元曲三百首》

清中葉之後，蘅塘退士《唐詩三百首》流傳甚廣，幾乎家置一編。民國時期上彊村民仿《唐詩三百首》選成《宋詞三百首》並刊刻問世，漸為人知。而元曲則尚無一個影響較廣的選本。鑒於此，曲學大家吳梅先生的高足任中敏先生於一九二六年編成《元曲三百首》，其後同門盧前先生略加刪補，於一九四五年初在中華書局出版，仍名為《元曲三百首》。此後，這一本子成為影響最大的元曲選本。自問世以來，以此本為據進行譯注、賞析的《元曲三百首》層出不窮，逐漸取得與《唐詩三百首》、《宋詞三百首》並駕齊驅的地位。但任、盧二先生所選過於集中名家，有體例失衡之處，其後也多有學者以任、盧二先生選本為藍本重新編選，仍名為《元曲三百首》。這些重新編選本中，「中華經典藏書」系列中解玉峰先生所選較為突出，兼顧了作品及體例的平衡性，所增補作品也較有代表性，是以此次整理評注《元曲三百首》，我們綜合考量之後即選取了這一本子。

《元曲三百首》的特點

一、注重了名家名作的均衡性。任、盧兩先生所選《元曲三百首》中，馬致遠選了三十一首、喬吉選了三十首、張可久選了四十首，三家合計一百零一首，佔去全部篇目的三分之一。而元曲四大家之一的關漢卿只選了六首，另外一家鄭光祖則一首也沒有。元後期重要曲家湯式只選了其中兩首小令。從體例上來説，這是輕重失衡的表現。解選則增補關漢卿至十五首、湯式至九首，另外鄭光祖選入三首，適當刪減了馬致遠、喬吉、張可久三人的篇目，使得其入選作品既有代表性，又不至於題材重複過甚，以致讀者產生審美疲勞。

二、選入了許多非名家的作品，帶有因曲存人的意味。任、盧二先生選本中，已有部分曲家存世作品極少，甚至只有一首也選入的情況，如張子堅的《得勝令·宴罷恰初更》等。解選中加強了這一點，如增補了真真、李伯瑜、杜遵禮、周浩、程景初等人，這幾人均僅存曲一首而得入選，很明顯蘊含了選家因曲存人的意思。

三、兼顧了選曲風格、題材的多樣性。任、盧二先生選曲注重詞曲之別，故特推重曲之當行本色，故對於曲中典雅端正而與詩詞相近的曲作多摒棄不錄。解選中既注重曲之本色，此類依然入選最多，也選入了多首風格典雅而近乎詞作的小令。同時，還增選了一些社會性強、諷刺性極濃的曲子，如《中呂・朝天子・志感》三首、《正宮・醉太平・譏貪小利者》等。另外，任、盧兩先生的選本中，隱逸題材最為集中突出，可謂「滿紙漁樵話滄桑」。

四、正編之外以附錄的形式增補了四篇套曲。任、盧兩先生選本並沒有選套曲，解選則基於曲的體例而增補了套曲部分。我們通常所説的元曲實際上多是指那些大家耳熟能詳、雅俗共賞的小令，另外，節選套曲中的一支對於套曲的理解也有割裂之虞，任、盧兩先生或是出於這方面考慮而為之，我們此次評注也就僅關注這一部分。

本書的主要貢獻

此次整理評注即以「中華經典藏書」本《元曲三百首》為底本，參以隋樹森先生《全元散曲》及已出諸家別集等。我們所做的主要工作是：

一、整理文本，校正部分誤字。如元好問《雙調・小聖樂・驟雨打新荷》「乳燕雛鶯哢語，有高柳鳴蟬相和」，「哢」，鳥鳴聲，意為初生之燕子和黃鶯啼叫，中華本作「弄」，當誤，可參《宋詞三百首》中呂濱老之《薄倖》詞「乍聽得、鴉啼鶯哢，惹起新愁無限」。又馬致遠《雙調・壽陽曲・瀟湘八景》中第二首「瀟湘夜雨」，中華本誤作「瀟湘雨夜」。又薛昂夫《雙調・蟾宮曲・雪》中「點點楊花，片片鵝毛」，「楊花」，與後句「鵝毛」對應，中華本作「揚花」，當誤。湯式《正宮・小梁州・揚子江阻風》「篷窗風急雨絲絲」，中華本誤作「篷窗風雞雨絲絲」。另外刪去部分衍字，如貫雲石《正宮・塞鴻秋・代人作》「展花長箋欲寫幾句知心事」，「長」字衍；「今日個病懨懨剛寫寫下兩個相思字」，衍一「寫」字。再就是補充部分曲題，如喬吉《雙調・折桂令・七夕贈歌者》兩首，第一首有小題為：「苕溪七夕飲會贈崔徽卿李總管索賦」。

二、糾正底本注釋有誤之處。中華本喬吉《雙調・水仙子・為友人作》及《雙調・折桂令・七夕贈歌者》下作者均注為「張小山」，誤。另《雙調・折桂令・七夕贈歌者》中注崔徽時云「崔徽善畫自己的肖像」，亦誤。崔徽乃託畫家畫自己肖像贈給裴敬中。張可久《中呂・朝天子・山中雜書》「蝸殼蘧廬」，「蘧廬」注為「簡陋房屋」不確，應為「傳舍、旅店」。又張可久《雙調・慶東原・次馬致遠先輩韻》「鬢邊二毛」，注引庾信《哀江南賦序》云「信年始二毛」即指花白頭髮，亦誤，庾信云「年始二毛」乃指三十餘歲。「尋詩灞橋，策杖臨皋」，中華本注為陶淵明「策扶老以流憩」及「登東皋以舒嘯」，不確。「臨皋」與「灞橋」並舉，應為地名，所用典乃蘇軾《臨江仙・夜歸臨皋》詞。又高克禮《越調・黃薔薇過慶元貞》「玉納子藤箱兒問肯」，「問肯」注為「問候」，顯誤，問肯乃古時求婚之禮節，即納采求親。曲中即言貴家公子以「玉納子」

和「藤箱兒」納采求親。李德載《中呂・陽春曲・贈茶肆》「攪動蘭膏四座香」，「蘭膏」，指蘭膏茶，中華本注為「含有蘭香的油脂」，有誤。又盧摯生平簡介中「今河北涿縣人」，涿縣應為涿州，同樣的還有安徽宿州等。另外還糾正了對全曲題旨理解偏差之處，如阿魯威《雙調・蟾宮曲・懷古》一曲乃是反隱士，非是表現鄙棄功名、全身遠禍的思想。阿魯威作為蒙古高官，與普通漢族士大夫心境還是有別的。

三、補充了一些必要的注釋。如劉時中《雙調・折桂令・漁》中「樵青採芳洲蓼牙，漁童薪別浦蒹葭」，「樵青」、「漁童」典出唐顏真卿《浪跡先生玄真子張志和碑》：「肅宗嘗錫奴婢各一，玄真配為夫妻，名夫曰『漁童』，妻曰『樵青』。」後以樵青為女婢，漁童為男僕。又如張鳴善《中呂・普天樂・詠世》「茶溫鳳髓，香冷雞舌」，「鳳髓」，乃南方極有名的一種茶，「雞舌」為著名的一種香料。另外在注釋典故時注意原始典故的出處，援引最早之典。如張養浩《雙調・折桂令・中秋》「比常夜清光更多」，中華本注云乃化用辛棄疾《太常引》詞：「斫去月婆娑，人道是清光更多」，實際上，包括辛詞在內都是化用杜甫《一百五十夜對月》詩：「斫卻月中桂，清光應更多。」

四、對每首作品作閱讀導示。這部分我們着力尤多，講求以較短的篇幅參透曲家之心意，盡力揭示其曲旨，概述其風格。在某些組曲中，我們更是盡量尋繹出曲家之內在情旨，指出其共通之處。其中許多導讀還是頗得曲意的。如馬致遠《天淨沙・秋思》的點評：「馬致遠此曲被推為『秋思之祖』，乃是千古名曲，王國維讚它『純是天籟』。曲家妙用意象並置的手法，白描秋景、秋旅、秋境，明白如畫中滲透點滴淡淡的秋愁，其愁不僅在秋思，更飽含人生之思，語詞極其簡潔而意蘊十分豐富。」

元好問

元好問（一一九〇——一二五七），字裕之，號遺山，太原秀容（今山西忻州）人。少年時從學於郝天挺，金宣宗興定五年（一二二一）進士及第。哀宗正大元年（一二二四）中博學宏詞科，充國史院編修。正大八年（一二三一）應詔入朝，歷任尚書省掾、左司都事等。金亡後不仕，二十餘年間潛心編纂著述，編成《中州集》，乃有金一代文獻大成。著有《元遺山集》、《遺山樂府》，為金元之際傑出的文學家。其散曲今存小令九首。

【雙調・小聖樂】驟雨打新荷[1]

綠葉陰濃，遍池亭水閣，偏趁涼多。海榴初綻[2]，妖豔噴紅羅。乳燕雛鶯弄語[3]，有高柳鳴蟬相和。驟雨過，珍珠亂撒，打遍新荷。

人生有幾，念良辰美景，一夢初過。窮通前定[4]，何用苦張羅。命友邀賓玩賞[5]，對芳尊淺酌低歌[6]。且酩酊[7]，任他兩輪日月，來往如梭。

注釋

1 雙調：宮調名。小聖樂：曲牌名。驟雨打新荷：題名。以下凡宮調名、曲牌名不另標注。據元陶宗儀《輟耕錄》載，此曲乃元好問所製，因「驟雨過，珍珠亂撒，打遍新荷」詞美，後人多以「驟雨打新荷」名之。

2 海榴：即石榴，又名海石榴，李白《詠鄰女東窗海石榴》詩：「魯女東窗下，海榴世所稀。」

3 弄語：弄，當作「哢」，鳥鳴聲。

4 窮通前定：窮通，困厄與顯達。意謂個人命運之好壞乃前世注定。

5 命友：邀請朋友。

6 芳尊：美酒。尊，酒杯。淺酌低歌：化用柳永《鶴衝天》：「忍把浮名，換了淺斟低唱。」

7 酩酊：酒醉狀。

賞析與點評

這首曲作於金亡後，可謂一首「遺民曲」。上曲寫盛夏美景，曲語白描、鋪敘，為下曲的哀歎人生形成對照。如斯美景，作者卻感人生無幾，豈非矛盾？然而聯繫到此時曲家的遺民身份，答案呼之欲出，這種哀感和及時行樂的思想正是遺民們的普遍生活寫照，這也幾乎成為遺民們的惟一選擇。此曲寫法近似詞，曲中而有詞味，多為後世激賞。

商挺

商挺（一二〇九—一二八八），字孟卿，一作夢卿，晚年自號左山老人。曹州濟陰（今山東曹縣）人。父商衡與元好問交好，金末殉難。國破父亡後，商挺北走依趙天錫，亦與元好問、楊奐交遊。元初為行臺幕僚，深為元世祖賞識，歷任宣撫司郎中、宣撫副使、參知政事、同僉樞密院事、樞密副使等職。卒贈太師、魯國公，謚文定。《元史》有傳。商挺工詩善書，尤長隸書。有詩千餘篇，惜多散佚。散曲今存小令《雙調・潘妃曲》十九首，多寫閨情。

【雙調・潘妃曲】

小小鞋兒白腳帶，纏得堪人愛。[1] 疾快來，瞞着爹娘做些兒怪。你罵吃敲才[2]，百忙裏解花裙兒帶。

又

目斷妝樓夕陽外，鬼病懨懨害。恨不該，止不過淚滿旱蓮腮。罵你個不良才，莫不少下你相思債？

又

悶酒將來剛剛嚥，欲飲先澆奠[3]。頻祝願[4]：普天下心廝愛早團圓[5]！謝神天，教俺也頻頻的勤相見。

又

只恐怕窗間人瞧見，短命休寒賤。直恁地肐膝軟[6]，禁不過敲才廝熬煎。你且覷門前，等的無人呵旋轉[7]。

注釋

1「小小鞋兒」兩句：描寫宋元之際女子纏足的情形。

2 吃敲才：該打的人，指思念的男子。
3 澆奠：祭祀或求神時，以酒澆地，以示虔誠。
4 頻：頻繁。
5 廝愛：相愛。此句意同王實甫《西廂記》：「願天下有情人都成了眷屬。」
6 直恁：竟如此。肐：同「胳」，即胳膊。
7 旋轉：回轉。

賞析與點評

此四首《潘妃曲》皆寫男女之情。第一首寫私會，餘下三首皆寫相思。四首曲子皆以女子視角吟詠閨情，曲語通俗、活潑、通透、有趣，以當時許多口語入曲，正是曲家當行本色。四首曲子將戀愛中的女子刻畫得栩栩如生，千載之後仍然如睹目前。

劉秉忠

劉秉忠（一二一六—一二七四），字仲晦，初名侃，因信佛而改名子聰，後任官改名秉忠。邢州（今河北邢臺市）人。元初著名政治家、學者、書法家。少年時任邢臺節度使府令史，不久棄去，隱居武安山中為僧，後遊雲中（今山西大同）。時元世祖見詔海雲禪師，秉忠隨行入見，頗為世祖所稱賞，遂留侍左右。至元元年（一二六四），拜光祿大夫，位太保，參與中書省事，為開國元勛。卒贈太傅，封趙國公，謚文貞。劉秉忠自幼好學，至老不衰，齋居蔬食，終日淡然，自號藏春散人，每以吟詠自適，有《藏春散人集》六卷傳世。現存小令十二首。

【南呂・乾荷葉】[1]

南高峰，北高峰，慘淡煙霞洞。[2]宋高宗，一場空，吳山依舊酒旗風[3]。兩度江南夢[4]。

又

腳兒尖，手兒纖，雲髻梳兒露半邊。臉兒甜，話兒粘，更宜煩惱更宜忺[5]。直恁風流倩[6]。

注釋

1 此曲為劉秉忠自度曲，共八首，此選其二。《樂府群珠》收錄時，調名下題作「即名漫興」。

2 「南高峰」三句：杭州西湖有南北高峰，遙遙相對。煙霞洞在南高峰下，為西湖最古老的石洞之一，有五代、北宋時造像。

3 吳山：在西湖東南，春秋時為吳國的南界，故名，俗稱城隍山，宋元時此地酒肆林立，十分繁華。酒旗：也叫「酒簾」，舊時店家的店招。杜牧《江南春絕句》：「水村山郭酒旗風。」

4 兩度江南夢：五代吳越和南宋兩個建都杭州的王朝都相繼滅亡。

5 忺（粵：扭；普：xiān）：高興，適意。

6 直恁：只這般。倩：美好。

賞析與點評

第一首曲詠史懷古，作者以西湖名景繫連到偏安覆亡的南宋王朝，進而聯繫到同樣定都杭州的五代時的吳越，而如今江南美景依舊，酒旗斜矗，繁華如昔，可惜風景不殊而人事已改，兩個王朝均已覆亡。曲家飽閱這人世滄桑，抒發了一種超越時代之上的哀感和慨歎。

王和卿

王和卿，生卒年不詳，大都（今北京市）人。名不詳，一說即通許縣尹王鼎，字和卿，與關漢卿同時且有交遊。元鍾嗣成《錄鬼簿》列為前輩名公。明朱權《太和正音譜》稱之為詞林英傑。善作滑稽戲謔之曲，當時名播天下。現存散曲小令二十一首，多滑稽俏皮之作，有的流於油滑惡趣。

【仙呂·醉中天】詠大蝴蝶[1]

彈破莊周夢[2]，兩翅駕東風，三百座名園一採一個空。難道風流種[3]，嚇殺尋芳的蜜蜂。輕輕的飛動，把賣花人扇過橋東[4]。

注釋

1 元陶宗儀《南村輟耕錄》載：「大名王和卿，滑稽佻達，傳播四方。中統初，燕市有一蝴蝶，其大異常，王賦《醉中天》小令云云，由是其名益重。」此曲或為譏諷風流好色的權貴豪強而作。也有人認為此曲乃是調侃風流倜儻的關漢卿。

2 彈破莊周夢：彈，一作「掙」。《莊子・齊物論》：「昔者莊周夢為胡蝶，栩栩然胡蝶也，自喻適志與，不知周也。俄然覺，則蘧蘧然周也。不知周之夢為胡蝶與，胡蝶之夢為周與？周與胡蝶，則必有分矣。此之謂物化。」莊周夢中化為蝴蝶，醒來後，分辨不清是莊周在夢裏化成了蝴蝶，還是蝴蝶在夢裏化成了莊周。莊子以夢蝶故事比喻人生如夢。這裏藉莊周夢的被彈破來形容蝴蝶之大。

3 風流種：本指才華出眾、舉止瀟灑的人物，此指拈花惹草的好色之徒。

4 扇：一作「搧」，指搧風。

賞析與點評

這首曲乃戲謔之作，極其誇張，曲中所詠之蝴蝶大得異常，有如莊子筆下的「其翼若垂天之雲」的大鵬一般，而且採花之時三百座名園的花朵可一採而空，可謂嚇人。這隻蝴蝶顯然是虛構和想像之物，且有深廣的寓意。

不管是譏諷權貴，抑或是調侃關漢卿，都暗蘊曲家牢騷之氣，而這種風格正是元代戲謔體小令的典型。

白樸

白樸（一二二六—一三〇六），字仁甫，又字太素，號蘭谷。祖籍隩州（今山西河曲），後徙居真定（今河北正定）。父白華，為金樞密院判官，與元好問有通家之誼。白樸七歲遭蒙古侵金之難，由元好問攜帶避難山東，寓居聊城，撫養長大。金亡後，不願出仕，後移家金陵，與諸遺老往還，寄情於山水詩酒之間。有詞集《天籟集》傳世。尤工於曲，與關漢卿、馬致遠、鄭光祖並稱「元曲四大家」。作雜劇十六種，今存《梧桐雨》、《牆頭馬上》、《東牆記》三種。另有小令三十七首，套數四篇。雜劇散曲以綺麗婉約見長，元代曲家中屬一流。

【仙呂・寄生草】飲[1]

長醉後方何礙[2]，不醒時有甚思[3]。糟醃兩個功名字，醅渰千古興亡事，麯埋萬丈虹霓志。[4]不達時皆笑屈原非，[5]但知音盡說陶潛是[6]。

注釋

1 飲：此曲一說係范康（字子安）所作，曲題《酒》，為其《酒色財氣》四首之一。

2 方何礙：卻何礙。方，卻。

3 甚思：甚麼思慮。

4 「糟醃」三句：對仗工整，為鼎足對。糟醃，用酒糟浸漬食物。醅渰（粵：胚醃；普：pēi yān），用劣酒浸泡。渰，通「淹」。麯，酒麯，釀酒用的發酵物。虹霓志，氣貫長虹的豪情壯志。

5 「屈原」句：指屈原因推行舉賢授能、修明法度的「美政」而遭放逐，理想破滅，其後儒家士子多責其「不識時務」，此處反用其意。不達時，不識時務。

6 知音：知己。是：正確。陶潛：即陶淵明，因陶潛淡泊名利，且喜好飲酒，故以陶淵明結句，緊扣題旨。

賞析與點評

此曲看似曠達，實多憤激。通篇以飲酒貫穿，就連用屈原典故時也是抓住屈原有「眾人皆醉我獨醒」之語；用陶潛典，也是緊扣其棄官歸鄉、飲酒自適的經歷而言。中間鼎足對三句更是將世間功名、家國興亡以及個人的雄心壯志都淹沒於酒中，於酒可謂極致。然而這看似曠達的背後，有深意寓焉。正是這個社會和時代使然，士人只能如此，毫無作為，功名、家國以及事業、理想只能寄諸飲酒，可謂沉痛之至。

【中呂・陽春曲】知幾[1]

知榮知辱牢緘口[2]，誰是誰非暗點頭，詩書叢裏且淹留[3]。閒袖手，貧煞也風流[4]。

又

不因酒困因詩困[5]，常被吟魂惱醉魂[6]，四時風月一閒身[7]。無用人，詩酒樂天真[8]。

注釋

1 白樸《中呂・陽春曲》以「知幾」為題者共四首，元曲中這種聲調格律完全相同的曲詞重複填寫，稱為「重頭」。今選其中兩首。幾（粵：基；普：jī）：同「機」，預兆。知幾，了解事物發生變化的關鍵和先兆。《易・繫辭下》：「幾者，動之微，吉之先見者也。君子見機而作，不俟終日。」

2 **知榮**：就是懂得「持盈保泰」的道理。**知辱**：就是要懂得「知足不辱」的道理。《老子・二十八章》：「知其榮，守其辱，為天下谷。」**緘口**：閉口不言。《說苑・敬慎》：「孔子之周，觀於太廟，右陛之前，有金人焉，三緘其口，而銘其背曰：古之慎言人也。」

3 **淹留**：停留。屈原《離騷》：「時繽紛其變易兮，曾何足以淹留。」

4 **貧煞**：極其貧窮。此句化用元好問《阮郎歸》：「詩家貧煞也風流。」

5 **酒困**：謂飲酒過多，為酒所困。**詩困**：謂詩思枯竭，終日苦吟。

6 **吟魂**：指作詩的興致。也叫「詩魂」。**醉魂**：指飲酒過度的精神狀態。

7 **四時**：一指春、夏、秋、冬四季。**風月**：指清風明月等自然景物。歐陽修《玉樓春》：「人生自是有情癡，此恨不關風與月。」

8 **天真**：指沒有做作和虛偽、不受世俗影響的天性。

賞析與點評

這兩首曲皆避世之詞，表現了白樸的處世態度和生活哲學。作者這樣安貧樂道、寄情詩酒、不問世事、明哲保身，既是個人生活旨趣，也同社會現實相關，正是這種黑暗高壓的時代，迫使他這樣的遺民看破榮辱、淡泊名利，自然也遠離世事。在曲中表達這種情懷的人，在元代曲家中比比皆是。

【越調・天淨沙】[1] 春

春山暖日和風，闌干樓閣簾櫳[2]，楊柳鞦韆院中。啼鶯舞燕，小橋流水飛紅[3]。

秋

孤村落日殘霞，輕煙老樹寒鴉，一點飛鴻影下[4]，青山綠水，白草紅葉黃花。

注釋

1 白樸的《越調·天淨沙》共八首，以春、夏、秋、冬為題，分為兩組，今選其中兩首。

2 簾櫳：窗戶上的簾子。李煜《搗練子》：「無奈夜長人不寐，數聲和月到簾櫳。」

3 飛紅：落花。

4 飛鴻：秋雁。

賞析與點評

詞、曲有雅俗之分，詞尚典雅、含蓄，而曲貴通俗、直率。元曲本乎「俗謠俚曲」，而到了文人手中後，也有注重文采的一派。這種雅化近乎詞。白樸這兩首《天淨沙》就是代表。一寫春景，一寫秋景，純以白描手法，卻能寫出意境。其中秋景一曲與馬致遠《天淨沙·秋思》有異曲同工之妙。這種意象並置的手法、特選情境的營建，構成了豐富的情感內涵，讓人神往。

【雙調・沉醉東風】漁父

黃蘆岸白蘋渡口[1]，綠楊堤紅蓼灘頭[2]。雖無刎頸交[3]，卻有忘機友[4]，點秋江白鷺沙鷗[5]。傲殺人間萬戶侯[6]，不識字煙波釣叟。

注釋

1 黃蘆：枯黃的蘆葦。白蘋：一種水中浮草。

2 紅蓼（粵：了；普：liǎo）：開着紅花的水蓼。多生長在水邊，秋日開花，呈淡紅色。

3 刎頸交：生死之交。

4 忘機：機，指機心。《莊子・天地篇》：「有機械者必有機事，有機事者必有機心。」忘機就是消除機詐之心。李商隱《太倉箴》：「海翁忘機，鷗故不飛。」

5 白鷺沙鷗：《列子・黃帝篇》：「海上之人有好鷗鳥者，每旦之海上，從鷗鳥遊，鷗鳥之至者百住而不止。其父曰：『吾聞鷗鳥皆從汝遊，汝取來，吾玩之。』明日之海上，鷗鳥舞而不下也。」此處用鷗鳥典正是照應前文「卻有忘機友」句。

6 萬戶侯：古代貴族的封邑以戶口計算，漢時分封諸侯，大者食邑萬戶，後用來指代高官顯貴。

賞析與點評

這首曲子詠漁父，刻畫了漁父優雅的生活環境和單純的生活。漁父避世獨立，與鷗鷺為盟，忘卻世俗機心，這種高尚的品德正是能夠笑傲人間權貴的資本。這其實也是曲家的自畫像。聯繫到白樸自身的經歷，終身不仕，也能窺見漁父形象所自。元曲中多見以漁夫、樵夫為題者，多暗寓歸隱之志，此即其一。

王惲

王惲（一二二七——一三〇四），字仲謀，別號秋澗，衞州汲縣（今河南省汲縣）人。元代著名學者、文學家、書法家。歷官世祖、成宗兩朝，任翰林修撰、通知制誥，兼國史院編修，御史臺、監察御史、翰林待制拜朝列大夫、嘉議大夫等職。卒贈翰林學士承旨，追封太原郡公，謚文定。精於書畫，為世稱譽。《元史》有傳。著有《秋澗先生大全文集》一百卷。今存小令四十一首。

【正宮・黑漆弩】遊金山寺並序[1]

鄰曲子嚴伯昌，嘗以《黑漆弩》侑酒。省郎[2]仲先謂余曰：「詞雖佳，曲名似未雅。若就以

《江南煙雨》目之，何如？」予曰：「昔東坡作《念奴》曲[3]，後人愛之，易其名曰《酹江月》，其誰曰不然？」仲先因請余效顰，遂追賦《遊金山寺》一闋，倚其聲而歌之。昔漢儒家畜聲妓[4]，唐人例有音學[5]。而今之樂府，用力多而難為工，縱使有成，未免筆墨勸淫為俠耳。渠輩年少氣銳，淵源正學，不致費日力於此也[6]。其詞曰：

蒼波萬頃孤岑矗，是一片水面上天竺[7]。金鼇頭滿嚥三杯[8]，吸盡江山濃綠。蛟龍慮恐下燃犀[9]，風起浪翻如屋。任夕陽歸棹縱橫，待償我平生不足。

注釋

1 元人作《黑漆弩》曲最著名的是白無咎，因其所作《黑漆弩》中有「鸚鵡洲邊住」句而稱《鸚鵡曲》。王惲序中所言鄰居使人唱的《黑漆弩》曲就是白無咎之作。後此曲也因王惲此作而稱《學士吟》。

2 省郎：中書省郎中或員外郎。

3《念奴》曲：指蘇軾詞《念奴嬌・赤壁懷古》。

4 聲妓：指女樂、歌女。

5 音學：近代詞學家朱孝臧認為是「音樂」之誤。
6 日力：光陰，時光。
7 天竺：此指佛寺。
8 金鼇：金山的最高峰，稱金鼇峰。
9「蛟龍」句：《晉書・溫嶠傳》：「至牛渚磯，水深不可測。世云其下多怪物。嶠遂燃犀角而照之。須臾，見水族覆火，奇形異狀，或乘馬車着赤衣者。嶠其夜夢人謂己曰：『與君幽明道別，何意相照也？』意甚惡之。」古人以為水深多有怪，以寶物照之，可使其現出原形。此處用此典以描繪水急浪高。

賞析與點評

這首曲寫遊金山寺，實際上就是遊金山，全曲以誇張雄奇的語言描寫了杭州金山風光，而曲家想像自己一口吸盡江山春色，豪氣干雲。結句的追步美景，不畏艱難，不思歸途，既是寫自然，也是寫人生，境界開闊，是王惲曲中佳作。

胡祇遹

胡祇遹（粵：屈低入；普：yù）（一二二七—一二九三），字紹開，號紫山，磁州武安（今河北省磁縣）人。元代著名學者、文學家。元世祖至元元年（一二六四），授任應奉翰林文字，兼太常博士，轉任左右司員外郎。後出為河東山西道提刑按察副使。元滅宋統一全國後，歷任宣慰副使、提刑按察使等職。時阿合馬專權，任用奸小，胡祇遹為官剛正，得罪阿合馬，被貶太原路治中，所到之處鋤強扶弱、推行教化，頗受民眾愛戴。晚年詔拜翰林學士，託病不就。卒謚文靖，贈禮部尚書。著有《紫山大全集》二十六卷傳世。《元史》有傳。現存小令十一首。

【雙調．沉醉東風】

漁得魚心滿意足[1]，樵得樵眼笑眉舒[2]。一個罷了釣竿，一個收了斤斧[3]，林泉下相遇。是兩個不識字漁樵士大夫[4]，他兩個笑加加的談今論古[5]。

注釋

1 漁得魚：捕到魚。
2 樵得樵：砍到柴。
3 斤斧：斧頭。
4 不識字漁樵士大夫：漁夫、樵民雖然不識字，卻有士大夫難得的淡泊胸襟。
5 笑加加：笑哈哈。

賞析與點評

此曲亦吟詠隱者，曲中的漁夫、樵民即為隱者之寫照。可與白樸《沉醉東風．漁父》參看。

盧摯

盧摯（一二三五—一三一四），字處道，一字莘老。號疏齋，又號嵩翁。涿郡（今河北省涿州市）人。元世祖至元五年（一二六八）進士，累遷少中大夫，河南路總管，湖南、江東道聯防使，後入為翰林學士，遷承旨。其詩文均名著於時，與劉因、姚燧齊名，世稱「劉盧」、「姚盧」。著有《疏齋集》、《疏齋後集》（皆佚），今人李修生編有《盧疏齋集輯存》。今存散曲一百二十餘首，均為小令。

【雙調·壽陽曲】別珠簾秀[1]

才歡悅，早間別[2]，痛煞煞好難割捨。畫船兒載將春去也[3]，空留下半江明月。

夜憶

燈將滅，人睡些，照離愁半窗殘月。多情直恁的心似鐵[4]，辜負了好天良夜[5]。

注釋

1 盧摯《雙調・壽陽曲》共九首，此選其中兩首。珠簾秀，元代著名歌伎，與當時許多曲家都有交往，盧摯、關漢卿、胡祇遹等名家與其互有贈答。

2 早：就，已經。間別：離別。

3 將：語氣助詞。春：本指春色，此處代指珠簾秀。「畫船」句化用俞國寶《風入松》：「畫船載取春歸去，餘情付湖水湖煙。」

4 直恁的：竟然如此。

5 好天良夜：大好時光。

賞析與點評

全曲通透而雅致，沒有直接描繪珠簾秀的美貌，而重在突出分別之後的感受，結以春去空留半江明月，含蓄蘊藉。而關漢卿等人贈與珠簾秀之曲多從其容貌妝飾着筆，境界不如此曲。

【雙調・殿前歡】[1]

酒杯濃，一葫蘆春色醉山翁[2]，一葫蘆酒壓花梢重。隨我奚童[3]，葫蘆乾興不窮。誰與共，一帶青山送。乘風列子[4]，列子乘風。

又

酒新篘[5]，一葫蘆春醉海棠洲，一葫蘆未飲香先透。俯仰糟丘[6]，傲人間萬戶侯。重酣後，夢景皆虛謬。莊周化蝶，蝶化莊周。[7]

注釋

1 盧摯《雙調・殿前歡》共十首，此選其中兩首。《殿前歡》末兩句一般對仗或回文，是此曲特殊的標誌。

2 葫蘆：形似葫蘆的酒器。春色：洞庭春色的縮語，酒名。蘇軾《洞庭春色賦序》：「安定郡王以黃柑釀酒，名之曰洞庭春色。」山翁：指晉代的山簡，山濤之子。他性嗜酒，鎮守襄陽時經常在外飲酒，至酩酊大醉。李白《襄陽歌》：「旁人借問笑何事，笑殺山翁醉似泥。」這裏作者以山簡自比。

3 奚（粵：兮；普：xī）童：小僕人。按「奚」為古代奴隸的一種稱呼。

4 列子：名禦寇，戰國時人，好道術，據說能乘風而行，是傳說中得道的「至人」。此處用列子乘風的典故說自己怡然自得，飄然若仙。

5 篘（粵：抽；普：chōu）：用竹篾編成的濾酒器具。「酒新篘」指酒剛剛釀成。

6 糟丘：酒糟堆成的小丘。

7 「莊周化蝶」句：莊周夢中化為蝴蝶，醒來後不辨真幻，不知是自己化為蝴蝶，還是蝴蝶化為了莊周。

賞析與點評

這兩首曲子描寫飲酒，展現了曲家快意人生、任性自然的精神境界。這種境界也就是道家所追求的「至人」之境。曲中所用兩處人物典很好的映襯了這一點，一個是御風而行的列子，一個是莫辨真幻的莊周，都是超然純淨的人物。曲中「葫蘆」一詞出現四次，以葫蘆貫穿兩曲，絲毫不見重複，反覺酣暢爽快，正是曲之特色。

【雙調・蟾宮曲】

想人生七十猶稀，[1]百歲光陰，先過了三十[2]。七十年間，十歲頑童，十載尪羸[3]。五十歲除分晝黑，剛分得一半兒白日。風雨相催，兔走烏飛[4]。仔細沉吟，都不如快活了便宜。

注釋

1 「想人生」句：化用杜甫《曲江》詩「酒債尋常行處有，人生七十古來稀」。

2 過了：去了，除了。此句意為，因為人生七十古來稀，活到七十的很少，那麼百歲光陰就先去了三十歲。

3 尪（粵：汪；普：wāng）：跛。羸（粵：雷；普：léi）：瘦弱。

4 兔走烏飛：古代神話傳説中，月中有兔，日中有三足烏，故以「兔走烏飛」比喻日月的運行，代指光陰流逝。

【雙調・蟾宮曲】麗華[1]

歎南朝六代傾危[2]，結綺臨春[3]，今已成灰。惟有臺城[4]，掛殘陽水繞山圍[5]。胭脂井金陵草萋[6]，後庭空玉樹花飛[7]。燕舞鶯啼，王謝堂前，[8]待得春歸。

注釋

1 麗華：即張麗華，南朝陳後主的寵妃。後主興建臨春、結綺、望仙三閣，自居臨春，讓她住在結綺，遊宴無度。隋軍攻破建康，張麗華與後主逃匿井中，被殺。

2 南朝六代：指三國時的吳、東晉及南朝的宋、齊、梁、陳，它們都以建康（今江蘇南京）為都城，歷史上合稱為六朝。

3 結綺臨春：陳後主、張麗華所居住的宮殿名。

4 臺城：六朝朝廷禁省和皇宮所在地，故址在今南京市雞鳴山北。

5 水繞山圍：化用劉禹錫《石頭城》：「山圍故國周遭在，潮打空城寂寞回」。

6 胭脂井：又名辱井，即陳朝景陽宮內的景陽井。陳後主和張麗華曾躲入井內，後人因稱它為胭脂井。金陵：南京市的別稱。

7 後庭：指陳後主所作《玉樹後庭花》曲，其詞哀怨靡麗，被稱為亡國之音。杜牧《夜泊秦淮》：「商女不知亡國恨，隔江猶唱後庭花。」

8「燕舞」二句：暗用劉禹錫《烏衣巷》詩句「舊時王謝堂前燕，飛入尋常百姓家」。王、謝，東晉時王導、謝安兩大豪門世族。

賞析與點評

這是一首詠史之曲，吟詠六朝興廢之事，曲語雅致，感慨深沉，與劉禹錫《金陵懷古》、王安石《桂枝香‧金陵懷古》等著名詠史詩詞相比亦毫不遜色。

【雙調‧殿前歡】

沙三伴哥來嗏[1]，兩腿青泥，只為撈蝦。太公莊上，楊柳陰中，磕破西瓜[2]。小二哥昔涎剌塔[3]，碌軸上淹着個琵琶[4]。看蕎麥開花，綠豆生芽。無是無非，快活煞莊稼。

注釋

1 沙三伴哥：沙三和伴哥都是元曲中常用的村農名字。嗏：語氣詞，僅見於曲。

2 磕破：撞破，砸開。

3 昔涎剌塔：形容垂涎的樣子。剌塔，肮髒。

4 碌軸：農家用來滾壓土地、碾脫穀粒的大石滾。因農家少年常常較為瘦弱，趴在石滾上，形如琵琶。

賞析與點評

這是一首田園曲，盧摯以輕鬆歡快而又生動俏皮的語言將夏日農家風味寫得活靈活現。三個農村少年滑稽可愛，形象突出，加以富有生機的環境，組成一幅和諧的農村圖。

珠簾秀

珠簾秀，生卒年不可考。本姓朱，排行第四，人稱朱四姐，元代著名歌伎，主要活動時間在至元、大德年間（一二六四—一三〇七）。她的戲曲表演藝術獨步當時，後輩稱為「朱娘娘」，當時著名曲家胡祇遹、王惲、盧摯、馮子振、關漢卿等人與她都有詞曲贈答。

【雙調·壽陽曲】答盧疏齋[1]

山無數，煙萬縷，憔悴煞玉堂人物[2]。倚篷窗一身兒活受苦[3]，恨不得隨大江東去[4]。

注釋

1 盧摯有《雙調・壽陽曲》別珠簾秀（見前），此為珠簾秀的回贈之曲。

2 **玉堂人物**：指盧疏齋。宋太宗賜匾「玉堂之署」給翰林院，其後即稱翰林院為玉堂。盧摯曾官翰林學士，故曰「玉堂人物」。

3 **倚篷窗**：指依着船窗（思念情人）。

4 **大江東去**：蘇軾《念奴嬌・赤壁懷古》成句。

賞析與點評

這首曲是回贈給盧摯的，帶有即興的性質。因為盧摯在贈曲中有言，「畫船兒載將春去也，空留下半江明月」，故珠簾秀戲答曰：「倚篷窗一身兒活受苦，恨不得隨大江東去。」表示自己也是相思不盡，直欲縱身東流之水才能解相思之愁。

姚燧

姚燧（一二三八—一三一三），字端甫，號牧齋，河南洛陽人。少時喪父，為伯父所撫養。及長，就學於國子祭酒許衡。元世祖至元年間，歷官奉議大夫，陝西、四川、中興等路提學，入為翰林直學士。元武宗至大元年（一三〇八），徵為太子賓客，升翰林學士承旨。次年，授榮祿大夫、翰林學士承旨知制誥兼修國史。時人共推為名儒，文章宗師，比之以唐之韓昌黎、宋之歐陽修。曾主持修撰《世祖實錄》，有《牧齋文集》五十卷。《元史》有傳。現存小令二十九首，套數一篇。

【中呂・滿庭芳】[1]

天風海濤，昔人曾此，酒聖詩豪[2]。我到此閒登眺，日遠天高。山接水茫茫渺渺[3]，水連天隱隱迢迢[4]。供吟笑。功名事了，不待老僧招[5]。

注釋

1 姚燧《中呂・滿庭芳》共兩首，此選其一。

2 酒聖：指劉伶，「竹林七賢」之一。性嗜酒，曾作《酒德頌》，蔑視禮教。詩豪：指劉禹錫。《唐書・劉禹錫傳》：「（禹錫）素善詩，晚節尤精。與白居易酬復頗多，居易以詩名者，嘗推為詩豪。」辛棄疾《念奴嬌》（雙陸和陳和仁韻）：「少年橫槊，酒聖詩豪餘事。」

3 茫茫渺渺：山水相連、遼闊無邊的樣子。

4 隱隱迢迢：水天相接，看不清晰、望不到邊的樣子。杜牧《寄揚州韓綽判官》：「青山隱隱水迢迢，秋盡江南草未凋。」

5 不待：不用。

賞析與點評

此曲吟詠歸隱之志，元代前期散曲多表現男女之情，而此曲用來抒懷，而且剛健雄闊，氣勢不凡，有蘇辛詞的豪放氣概。

【中呂・陽春曲】[1]

筆頭風月時時過[2]，眼底兒曹漸漸多[3]。有人問我事如何。人海闊[4]，無日不風波[5]。

注釋

1 姚燧《中呂・陽春曲》凡四首，今選其一。
2 筆頭風月：寫作生涯。
3 兒曹：兒女們，這裏指晚輩。
4 人海：比喻人世間。

5 風波：這裏用來比喻人事的糾紛和仕途的艱險。白居易《除夜寄微之》：「家山泉石尋常憶，世路風波仔細諳。」

【中呂·醉高歌】感懷[1]

十年燕月歌聲，[2]幾點吳霜鬢影[3]。西風吹起鱸魚興[4]，已在桑榆暮景[5]。

又

十年書劍長吁[6]，一曲琵琶暗許[7]。月明江上別湓浦[8]，愁聽蘭舟夜雨。

注釋

1 姚燧《中呂·醉高歌》凡八首，今選其中兩首。

2 「十年燕月」句：這是作者對自己大半生宦場生涯的概括。「燕月歌聲」指在大都（今北京）任職期間較為清閒的生活。

3 吳霜鬢影：指出任江東（今江蘇一帶，為古吳國地）廉訪使的一段生活。此時作者已屆晚年。

4 鱸魚興：《世說新語》：「張季鷹（即張翰，字季鷹）在洛，見秋風起，因思吳中菰菜、蓴羹、鱸魚膾，曰：『人生貴得適意爾，何能羈宦數千里，以要名爵。』遂命駕歸吳。」這句話指自己已有棄官還鄉的想法。

5 桑榆暮景：落日餘輝返照在桑榆樹梢上，比喻人生晚年。

6 十年書劍：數十年來的宦遊生活，與「十年燕月」類似。書劍，代指文人的遊宦生涯。長吁：長歎。

7 一曲琵琶暗許：白居易作《琵琶行》贈歌女云：「同是天涯淪落人，相逢何必曾相識。」許，稱許，稱讚。

8 湓（粵：盆；普：pén）浦：在今江西九江市西湓水入長江處，白居易《琵琶行》詩序中稱為「湓浦口」。

賞析與點評

這兩首曲都是抒寫人生感喟。晚年姚燧外任為官，心裏漸起歸隱之思，故回顧自己半生宦遊，而感慨無限。以曲抒發人生感慨，委婉深沉而又真摯動人，與傳統典雅的詩詞已無多大差別。

陳草庵

陳草庵（一二四五—一三二〇），字彥卿，號草庵，大都人。生平事跡不詳。鍾嗣成《錄鬼簿》將其列為「前輩已死名公，有樂府行於世者」，並說其曾為中丞。孫楷第《元曲家考略》謂其名英，大德七年（一三〇三）三月曾奉使宣撫江西、福建，延佑初以左丞往河南經理錢糧，尋拜為河南行省左丞。今存小令《歎世》二十六首。

【中呂・山坡羊】歎世[1]

晨雞初叫，昏鴉爭噪，那個不去紅塵鬧[2]。路遙遙，水迢迢，功名盡在長安道[3]，今日少年明日老。山，依舊好；人，憔悴了！

又

江山如畫，茅檐低凹。妻蠶女織兒耕稼。務桑麻，捕魚蝦，漁樵見了無別話。三國鼎分牛繼馬[4]。興，也任他；亡，也任他。

注釋

1 陳草庵所作《中呂・山坡羊》以「歎世」為題，凡二十六首，今選其中兩首。

2 紅塵：塵世，人世。此句以昏鴉爭噪諷刺了人世間的名利紛爭。

3 長安：漢唐兩代京城，後泛指都城。此句意謂求取功名的人都奔波在去京城的路上，與前句「昏鴉爭噪」呼應。

4 三國鼎分牛繼馬：三國鼎分，指東漢王朝滅亡後出現的魏、蜀、吳三國分立局面。牛繼馬，據《晉書・元帝紀》，司馬氏建立的西晉覆滅後，在南方建立東晉的元帝是他母親私通牛姓小吏而生。

賞析與點評

這兩首曲子都是消極憤世之詞。前一首譏刺了世人看不透名利二字，整日紛紛攘攘追名逐利，最後往往以徒勞收場的行為。第二首頗像對第一首的回覆，歷史興亡不過是政客們的遊戲罷了，真正得享天年、自然之樂的倒是那些隱士農夫。這兩首曲子出語激憤，諷刺性強，一半是實感，一半也是無奈。

奧敦周卿

奧敦周卿，生卒年不詳，女真族人。姓奧敦，名希魯，字周卿，號竹庵。元初人。至元六年（一二六九）曾為懷孟路（今河南境內）總管府判官，後歷官河南、河北道提刑司僉事，江西、江東憲使、澧州路總管，至侍御史。今存小令兩首，套數三曲。

【雙調·蟾宮曲】

西湖煙水茫茫，百頃風潭，十里荷香。[1]宜雨宜晴，宜西施淡抹濃妝。[2]尾尾相銜畫舫，[3]盡歡聲無日不笙簧[4]。春暖花香，歲稔時康[5]。真乃上有天堂，下有蘇杭。

注釋

1「十里荷香」句：化用宋柳永《望海潮》：「重湖疊巘清嘉，有三秋桂子，十里荷花，羌管弄晴，菱歌泛夜，嬉嬉釣叟蓮娃。」

2「宜雨宜晴」兩句：化用宋蘇軾《飲湖上初晴後雨》：「水光瀲灩晴方好，山色空濛雨亦奇。欲把西湖比西子，淡妝濃抹總相宜。」

3「尾尾」句：意謂畫船很多，連綿不斷。

4 笙簧：笙，一種吹奏樂器；簧，笙中之簧片。這裏代指音樂。

5 歲稔（粵：飪；普：rěn）時康：年成豐收，天下太平。稔，莊稼成熟。

賞析與點評

這首曲讚頌了元時杭州城的繁華與興盛。元滅南宋後，杭州成為許多蒙古貴族的天堂，他們日日在西湖宴遊，此曲即明證。

關漢卿

關漢卿，晚號已齋叟，大都（今北京市）人。生卒年不詳，約生於金末，卒於元成宗大德年間（一二九七—一三〇七）。鍾嗣成《錄鬼簿》說他曾做過「太醫院尹」。關漢卿是元代最偉大的戲劇家，與馬致遠、白樸、鄭光祖並稱「元曲四大家」，其雜劇成就最為突出，一生創作雜劇六十餘種，現存十八種，如《竇娥冤》、《單刀會》、《救風塵》等皆膾炙人口。現存小令五十八首，套數十一篇。近人王國維甚為推崇，其《宋元戲曲史》稱：「關漢卿一空倚傍，自鑄偉詞，而其言曲盡人情，字字本色，故當為元人第一。」

【雙調・大德歌】夏[1]

俏冤家[2]，在天涯，偏那裏綠楊堪繫馬[3]。困坐南窗下，數對清風想念他[4]。蛾眉淡了教誰畫[5]，瘦岩岩羞戴石榴花[6]。

秋

風飄飄，雨瀟瀟，便做陳摶睡不着[7]。懊惱傷懷抱，撲簌簌淚點拋[8]。秋蟬兒噪罷寒蛩兒叫[9]，淅零零細雨打芭蕉[10]。

注釋

1 關漢卿嘗以《雙調・大德歌》分詠春、夏、秋、冬四季，此選兩篇。

2 俏冤家：對所愛之人的昵稱。

3 「偏那」句：偏偏只有那裏留得住。

4 數對：屢次相對，頻頻地對着。

5 蛾眉：女子一種細長的眉妝。

6 瘦岩岩：瘦骨嶙峋的樣子。石榴花：泛指紅色的花。

7 陳摶（粵：團；普：tuán）高卧：陳摶，五代末、北宋初的著名道士。字圖南，自號扶搖子，曾修道於華山，趙匡胤徵辟不就，據說常酣睡百日不醒。此處乃藉陳摶之能睡反襯女子之難以入眠。

8 撲簌簌：眼淚直流的樣子。

9 秋蟬、寒蛩：即知了和蟋蟀。這兩種昆蟲容易引起人們的秋思哀愁。

10「淅零零」句：形容細雨濛濛。細雨打芭蕉，出自杜牧《八六子》：「聽夜雨，冷滴芭蕉。」

賞析與點評

關漢卿的《雙調・大德歌》分詠四季皆寫男女之情，全篇通透活潑，大量口語入曲，正是曲的當行本色，部分曲詞中融入傳統詩詞中的雅詞，如《秋》中的「細雨打芭蕉」意象，俗中帶雅，別有韻味。

【雙調・大德歌】雙漸蘇卿[1]

綠楊堤，畫船兒，正撞着一帆風趕上來。馮魁吃的醺醺醉，怎想着金山寺壁上詩？醒來不見多姝麗[2]，冷清清空載明月歸。

又

鄭元和[3]，受寂寞，道是你無錢怎奈何。哥哥家緣破，誰着你搖銅錢唱輓歌[4]。因打亞仙門前過，[5]恰便是司馬淚痕多。

注釋

1 雙漸、蘇卿：宋元時民間故事，流傳甚廣。廬州妓女蘇小卿與書生雙漸交好，雙漸出外，久之不歸，其母暗與茶商馮魁定計，將蘇小卿賣與馮魁。小卿趁茶船過金山寺時，題詩於壁以示雙漸。雙漸追趕至豫章城（今江西南昌），四處尋訪，後來船至金山寺，見蘇卿在寺壁留下的詩句，趕到臨安，二人終於團聚。

2 多姝麗：美女，此指蘇小卿。

3 鄭元和：唐代民間故事，傳奇、戲曲多有歌詠。書生鄭元和上京應試，遇見妓女李亞仙，交好纏綿，以致延誤考期，牀頭金盡之後被老鴇趕出妓院，其後以唱輓歌維生。其父上京偶遇鄭元和，痛恨至極，將他打死，拋屍野外，恰被乞丐救活，從此淪為乞丐。李亞仙在街頭認出元和，不顧一切盡心照顧，又激勵他趕考。元和終於高中榜首。其父得知後，也不計亞仙身份，娶她為媳。安史之亂中，鄭氏父子保駕有功，俱登高位，亞仙也被封為「國夫人」。

4 唱輓歌：指鄭元和財物散盡後，被迫以唱輓歌為生。

5 「因打」句：指李亞仙發現在風雪中飢寒交迫的鄭元和之事。

【中呂．普天樂】詠崔張十六事其一

張生赴選

碧雲天，黃花地，西風緊，北雁南飛[1]。恨相見難，又早別離易，久已後雖然成佳配，奈時間怎不悲啼[2]。我則廝守得一時半刻，早鬆了金釧，減了香肌。[3]

封書退賊

不念《法華經》[4]，不理梁皇懺[5]，賊人來至，情理何堪。法聰待向前，遍把賊來探。險些把佳人遭坑陷。消不得小書生一紙書緘，杜將軍風威勇敢[6]，張秀

才能書妙染，孫飛虎好是羞慚。

注釋

1 黃花：菊花。西風：秋風。

2 奈：怎耐。

3「鬆了金釧」句：指消瘦。

4《法華經》：著名的佛經之一。

5 梁皇懺：南朝梁武帝信佛，為超度其夫人郗氏而製的慈悲道場懺法。

6 杜將軍：指來解圍的白馬將軍杜確。

賞析與點評

《西廂記》作者舊有王實甫作、關漢卿續作說。從關漢卿《中呂・普天樂》詠崔張十六事可以看出，關詞與《西廂記》詞聯繫頗深。《張生赴選》即與王實甫《西廂記》的《長亭送別》相近。《西廂記》的《端正好》曲詞為：「碧雲天，黃花地，西風緊。北雁南飛。曉來誰染霜林醉？總是離人淚。」《滾繡球》曲為：「恨相見得遲，怨歸去得疾……聽得道一聲去也，鬆了金釧；遙望見十里長亭，減了玉肌！」

【雙調・沉醉東風】[1]

咫尺的天南地北[2]，霎時間月缺花飛[3]。手執着餞行杯，眼閣着別離淚[4]。剛道得聲保重將息[5]，痛煞煞教人捨不得[6]。好去者前程萬里[7]。

又

憂則憂鸞孤鳳單[8]，愁則愁月缺花殘，為則為俏冤家，害則害誰曾慣[9]，瘦則瘦不似今番，恨則恨孤幃繡衾寒，怕則怕黃昏到晚[10]。

注釋

1 關漢卿《雙調・沉醉東風》共四曲，此選其中兩曲。

2 咫尺：周制八寸，指距離之近。

3 霎時間：一會兒，此言時間迅疾。月缺花飛：指情人分離。古人常以「花好月圓」喻男女美滿相聚，故以「月缺花飛」喻男女離別。

4 閣着：噙着，含着。

5 將息：調養，休息。李清照《聲聲慢》：「乍暖還寒時候，最難將息。」

6 痛煞煞：形容非常痛苦的樣子。
7 好去者：安慰前行者的套話，意謂「走好」。
8 憂則憂：擔憂的是。則，只。鸞鳳：鳳凰的一類，常用來比喻夫妻。
9 害則害：指害相思病。
10 怕則怕黃昏到晚：化用李清照《聲聲慢》：「守着窗兒，獨自怎生得黑。梧桐更兼細雨，到黃昏點點滴滴。這次第，怎一個愁字了得。」

賞析與點評

這兩首曲子從女子角度寫別離與相思。前曲寫離別之際的情形，陶寫淋漓，深情動人，與柳永之《雨鈴霖》相比亦不遜色。後曲寫別後之相思，以重疊句法將女子離別後的憂、愁、怨、恨、怕寫得層層深入，與詞相較，更顯率直酣暢，風味不同。

【南呂・四塊玉】閒適[1]

舊酒投[2]，新醅潑[3]，老瓦盆邊笑呵呵[4]。共山僧野叟閒吟和。他出一個雞，我出一個鵝，閒快活。

又

南畝耕[5]，東山卧[6]，世態人情經歷多。閒將往事思量過。賢的是他，愚的是我，爭甚麼！

注釋

1 關漢卿《南呂・四塊玉》以「閒適」為題者凡四首，今選其中兩首。

2 投：本當作「酘」，釀酒初漉後再投以他酒重釀。

3 醅潑：未濾過的重釀酒。潑，即「醱」。

4 老瓦盆：陳舊粗陋的盛酒器。杜甫《少年行》：「莫笑田家老瓦盆，自從盛酒長兒孫。」又陳暄好飲，客笑暄用陶器，暄云：「莫笑此老瓦盆，多見興廢也。」

5 南畝耕：陶淵明棄官歸田之後，即「開荒南野際，守拙歸園田。」

6 東山臥：東晉謝安曾隱居東山（今浙江上虞西南），後人多以「高臥東山」比喻隱士。

賞析與點評

這兩曲均是歌詠閒情、鄙棄功名利祿之作。前曲讚頌農家生活之閒趣，然以老瓦盆透出歷史興衰來，飽經滄桑之人不是不想有所作為，而最後只能學陶潛、謝安歸隱於田園，實是不得已之故也。末句正話反說，憤慨激昂。

【雙調・碧玉簫】[1]

怕見春歸，枝上柳綿飛[2]。靜掩香閨，簾外曉鶯啼[3]。恨天涯錦字稀[4]，夢才郎翠被知。寬盡衣[5]，一搦腰肢細[6]；癡，暗暗的添憔悴。

又

秋景堪題[7]，紅葉滿山溪。松徑偏宜[8]，黃菊繞東籬。正清樽斟潑醅[9]，有白衣勸酒杯[10]。官品極[11]，到底成何濟[12]？歸，學取他淵明醉。

注釋

1 關漢卿《碧玉簫》共十首，今選其中兩首。

2 柳綿：柳絮，柳花。蘇軾《蝶戀花》詞：「枝上柳綿吹又少，天涯何處無芳草！」

3 簾外曉鶯啼：金昌緒《春怨》：「打起黃鶯兒，莫教枝上啼。啼時驚妾夢，不得到遼西。」

4 錦字：用錦織成的字。竇滔被流放外地，妻子蘇蕙織錦為回文詩寄給他，後用以代指情書。

5 寬盡衣：因相思而消瘦。柳永《蝶戀花》：「衣帶漸寬終不悔，為伊消得人憔悴。」

6 一搦（粵：匿；普：nuò）：一握，極言其腰肢之細小。

7 堪題：值得寫，值得描繪。

8 松徑：指隱居的園圃。陶淵明《歸去來辭》：「三徑就荒，松菊猶存。」後句的「東籬」也是暗用陶淵明典。

9 潑醅：即醱醅，未濾過的新釀酒。李白《襄陽歌》：「遙看漢水鴨頭綠，恰似葡萄初潑醅。」

10 白衣勸酒：《宋書・陶淵明傳》載：「（陶淵明）嘗九月九日無酒，出宅邊菊叢中坐，久。值（江州刺史王）弘送酒至，即便就酌，醉而後歸。」白衣，給官府當差的人。

尾句的「淵明醉」即指此。

11 官品極：最高的官階。

12 成何濟：有何用處。濟，益處，好處。

【仙呂・一半兒】[1]

碧紗窗外靜無人[2]，跪在牀前心忙要親[3]。罵了個負心回轉身。雖是我話兒嗔[4]，一半兒推辭一半兒肯。

又

多情多緒小冤家，迤逗得人來憔悴煞[5]。說來的話先瞞過咱。怎知他，一半兒真實一半兒假。

注釋

1《一半兒》曲句式為七、七、七、三、九，最末一句需重複用「一半兒」三字，這是定格。關漢卿《一半兒》共四首，此選其二。

2 碧紗窗：用綠紗做的窗簾。

3 親：親吻。

4 雖是我：襯字。嗔：生氣。

5 迱（粵：陀；普：tuó）逗：撩撥。

賞析與點評

關漢卿的《一半兒》組曲寫得十分大膽潑辣，曲詞直白通透，曲中之人極為生動活潑，這正是曲貴顯露、本色當行的一面，與傳統詩詞寫豔情含蓄蘊藉頗為不同，然而品來亦十分自然有趣。

庾天錫

庾天錫，生卒年不詳。字吉甫，大都（今北京）人。曾任中書省掾，除員外郎、中山（今河北定州）府判。鍾嗣成《錄鬼簿》將其列於「前輩已死名公才人，有所編傳奇行於世者」之列。著有雜劇《罵上元》等十五種，今皆不存。貫雲石在《陽春白雪序》中把他和關漢卿並提，楊維楨在《周月湖今樂府序》中也將他與關漢卿相提並論。可見庾天錫當時之地位。其散曲今存小令七首，套數四篇。

【雙調・蟾宮曲】[1]

環滁秀列諸峰。[2]山有名泉，瀉出其中，[3]泉上危亭，僧仙好事，締構成功。[4]四景朝暮不同，宴酣之樂無窮，酒飲千鍾。[5]能醉能文，太守歐翁。[6]

又[7]

滕王高閣江干。[8]佩玉鳴鸞，歌舞闌珊。[9]畫棟朱簾，朝雲暮雨，南浦西山。[10]物換星移幾番，[11]閣中帝子應笑，獨倚危欄。[12]檻外長江，東注無還。[13]

注釋

1 庾天錫這首《蟾宮曲》乃隱括歐陽修《醉翁亭記》一文而成。

2 「環滁」句：此句概括了《醉翁亭記》「環滁皆山也，其西南諸峰，林壑尤美，望之蔚然而深秀者，琅琊也」五句。滁，今安徽滁州。

3 「山有」二句：此是「山行六七里，漸聞水聲潺潺，而瀉出於兩峰之間者，釀泉也」四句的概括。

4 「泉上」三句：這是概括「峰迴路轉，有亭翼然，臨於泉上者，醉翁亭也。作亭者誰，山之僧曰智仙也；名之者誰，太守自謂也」。

5 「四景」三句：這是概括「若夫日出而林霏開，雲歸而岩穴暝，晦明變化者，山間之朝暮也。野芳發而幽香，佳木秀而繁陰，風霜高潔，水落而石出者，山間之四時也。朝而往，暮而歸，四時之景不同，而樂亦無窮也」一段。

6 「能醉」二句：這是概述「醉能同其樂，醒能述以文者，太守也。太守謂誰，廬陵歐陽修也」之意。

7 這支曲是概括王勃《滕王閣》詩。

8「滕王」句：這是刪改了王勃詩第一句「滕王高閣臨江渚」。

9「珮玉」二句：這是「珮玉鳴鸞罷歌舞」一語的改寫。珮玉鳴鸞，都是歌伎衣物上的妝飾品。鸞，響鈴。闌珊，是形容歌舞盛況由繁華轉向衰微。

10「畫棟」三句：這是「畫棟朝飛南浦雲，朱簾暮捲西山雨」一聯的概括。畫棟，塗有彩畫的樑棟。這是寫滕王歿後滕王閣的冷落情況。

11「物換」句：這是改寫了「物換星移幾度秋」一句。

12「閣中」二句：這是「閣中帝子今何在」句的點換。帝子，指滕王。危欄，高高的欄杆。

13「檻外」二句：這是改寫了「檻外長江空自流」一句。檻，欄杆。長江，這裏指贛江。東注，向東奔流。

賞析與點評

庾天錫的這兩首《蟾宮曲》分別改寫歐陽修的名作《醉翁亭記》及王勃的《滕王閣詩》，原作乃是文與詩的經典，改寫既能囊括原意，而又出語精整簡潔，富有韻味，洵為不易。

【雙調・雁兒落過得勝令】[1]

【雁兒落】春風桃李繁，夏浦荷蓮間，秋霜黃菊殘，冬雪白梅綻。[2]【得勝令】四季手輕翻，百歲指空彈。漫說周秦漢，徒誇孔孟顏。人間，幾度黃粱飯。狼山[3]，金杯休放閒。

注釋

1 此為帶過曲，所謂帶過曲即某支曲另連帶一兩支曲，如《脫布衫》帶《小梁州》、《醉高歌》帶《紅繡鞋》、《罵玉郎》帶《感皇恩》等，「帶」也即是「過」。宋人詞多包括上下兩闋（段），元曲小令多為單片（段），故帶過曲略相當於兩闋（段）或三闋（段）的詞。

2 「春風桃李繁」四句：為聯璧對，即四句相對的句式，聯璧對為元曲巧體之一，這種對仗法詩詞中皆少見。

3 狼山：又稱紫狼山或紫琅山，在今江蘇南通市東南，著名的自然風景區，名勝古跡較多。

王德信

王德信，字實甫。大都（今北京）人。生卒年不詳，大約與關漢卿同時，鍾嗣成《錄鬼簿》將其列於「前輩已死名公才人，有所編傳奇行於世者」之列，並稱「西廂記，天下奪魁」。元代最著名的戲劇家之一，主要創作活動大約在元成宗元貞、大德年間（一二九五—一三〇七）。王實甫早年曾經入仕為官，晚年失志而棄官歸隱，優遊詩酒之間。賈仲明弔詞稱其「作詞章，風韻美，士林中，等輩伏低」。王實甫著有雜劇十四種，今存《西廂記》、《破窯記》和《麗春園》三種，其中《西廂記》最為著名。今存小令一首。

【中呂·十二月過堯民歌】別情[1]

【十二月】自別後遙山隱隱，更那堪遠水粼粼[2]。見楊柳飛綿滾滾，對桃花醉臉醺醺[3]。透內閣香風陣陣[4]，掩重門暮雨紛紛[5]。【堯民歌】怕黃昏忽地又黃昏[6]，不銷魂怎地不銷魂[7]。新啼痕壓舊啼痕，斷腸人憶斷腸人。今春，香肌瘦幾分，縷帶寬三寸。[8]

注釋

1 此曲用了兩種巧體，《十二月》用聯珠對，六句接連成對；《堯民歌》用連環體，如「怕黃昏忽地又黃昏」、「斷腸人憶斷腸人」等。

2 粼粼：水波清澈流動的樣子。

3 醺醺：形容醉態。此句暗用崔護《題城南莊》詩：「去年今日此門中，人面桃花相映紅。」

4 內閣：深閨，內室。

5 重門：一重又一重的門，指富貴人家庭院極深。

6 怕黃昏：黃昏時候人們容易產生寂寞孤獨之感。李清照《聲聲慢》：「梧桐更兼細雨，到黃昏點點滴滴，這次第，怎一個愁字了得。」

7 銷魂：過度刺激而神思茫然。江淹《別賦》：「黯然銷魂者，惟別而已矣。」

8 「香肌」二句：形容為離愁而憔悴、消瘦。柳永《蝶戀花》：「衣帶漸寬終不悔，為伊消得人憔悴。」

賞析與點評

王實甫擅用巧體，前用聯珠對，後用連環體，將離情譜寫得層層深入，豐富而動人。曲家用前曲寫景，後曲抒情，情景結合，又多以疊詞和重複手法連綴，品來連貫一體，一氣呵成。王實甫儘管小令存世很少，然而一曲足以名世。

馬致遠

馬致遠（一二五〇—一三二四），號東籬，大都人。他少年時熱衷功名，然仕途坎坷。中年始中進士，後曾出任浙江行省務提舉官。晚年退出官場，隱居杭州郊外。《太和正音譜》將其列為元曲眾家之首，與關漢卿、白樸、鄭光祖合稱「元曲四大家」，人稱「曲狀元」。他創作有雜劇十五種，今存《漢宮秋》、《陳摶高卧》、《青衫淚》等七種，以《漢宮秋》最為著名。他還曾參加元貞（一二九五—一二九六）書會，與李時中、紅字李二、花李郎等合寫了《黃粱夢》雜劇。今存散曲小令一百一十五首，套數十七篇。

【南呂・金字經】[1]

夜來西風裏，九天雕鶚飛[2]，困煞中原一布衣[3]。悲，故人知未知？登樓意[4]，恨無上天梯[5]。

注釋

1 馬致遠《南呂・金字經》共三首，今選其一。

2 九天：九重天，天之最高處。李白《望廬山瀑布》：「飛流直下三千尺，疑是銀河落九天。」鶚（粵：岳；普：è）：雕一類的猛禽，俗稱魚鷹。孔融《薦禰衡表》：「鷙鳥累百，不如一鶚。」雕鶚，比喻有志之士。

3 中原：泛指黃河中、下游地區。布衣：粗布衣服，古時貧賤者所穿的衣服，代指平民。諸葛亮《出師表》：「臣本布衣，躬耕南陽。」

4 登樓意：漢末西京喪亂，王粲避難荊州，託附劉表，未能得到賞識，於是作《登樓賦》，以抒發懷才不遇之情。

5 天梯：登天的階梯，比喻入朝為官的途徑。王逸《九思・傷時》：「緣天梯兮北上，登太一兮玉臺。」

賞析與點評

這首曲曲詞慷慨激昂，情感激烈，主要抒發了曲家的懷才不遇之情。馬致遠的這組《金字經》曲風格與情感都比較接近，應該是他早期作品。

【越調・天淨沙】秋思

枯藤老樹昏鴉[1]，小橋流水人家，古道西風瘦馬[2]。夕陽西下，斷腸人在天涯[3]。

注釋

1 昏鴉：黃昏時棲息在樹上的烏鴉。

2 古道：古老的驛路。張炎《念奴嬌》詞：「老柳官河，斜陽古道，風定波猶直。」

3 斷腸人：指飄泊天涯的旅人，這裏是作者自指。

賞析與點評

馬致遠此曲被推為「秋思之祖」，乃是千古名曲，王國維讚它「純是天籟」。曲家妙用意象並置的手法，白描秋景、秋旅、秋境，明白如畫中滲透點滴淡淡的秋愁，其愁不僅在秋思，更飽含人生之思，語詞簡潔而意蘊十分豐富。

【南呂・四塊玉】歎世[1]

兩鬢皤[2]，中年過，圖甚區區苦張羅。[3]人間寵辱都參破[4]。種春風二頃田，遠紅塵千丈波，倒大來閒快活[5]。

又

帶月行，披星走，孤館寒食故鄉秋[6]。妻兒胖了咱消瘦。枕上憂[7]，馬上愁[8]，死後休。

注釋

1 馬致遠《南呂・四塊玉》以「歎世」為題者共九首，此選二首。

2 皤：形容白色。

3 「圖甚」句：何必為了貪圖甚麼功名富貴，而去苦苦地籌劃呢！區區，形容微小。柳永《滿江紅》：「遊宦區區成底事，平生況有雲泉約。」

4 參破：看破。

5 倒大：絕大，非常。來：語氣詞。

6 孤館寒食：孤獨地在旅館裏度過寒食節。寒食，節氣名稱，在清明的前一天。

7 枕上憂：夢中的憂慮。徐再思《滿江紅》：「枕上十年事，江南二老憂，都到心頭。」

8 馬上愁：路途奔波中引起的愁思。

賞析與點評

這組《歎世》曲皆表現曲家對世俗生活的厭倦，所選兩首表現極為突出。人到中年尚且在為功名苦苦奔波掙扎，遠非曲家本意，還不如拋開這些腌臢，本色自然地生活呢。

【雙調・蟾宮曲】歎世

咸陽百二山河[1]。兩字功名，幾陣干戈。項廢東吳[2]，劉興西蜀[3]，夢說南柯[4]。韓信功兀的般證果[5]，蒯通言那裏是風魔[6]。成也蕭何[7]，敗也蕭何，醉了由他[8]。

注釋

1 咸陽：秦國的都城，在今陝西省咸陽市東北二十里。百二山河：形容地勢險要。《史記・高祖本紀》云：「秦，形勝之國，帶山河之險，縣隔千里，持戟百萬，秦得百二焉。」

2 項廢東吳：項，指項羽。項羽在秦末興兵反秦。滅秦後，自立為西楚霸王，建都彭城（今江蘇徐州，為古東吳之地）。後為劉邦擊敗，被困垓下（今安徽靈璧南），自刎於烏江。故曰「項廢東吳」。

3 劉興西蜀：劉，指劉邦，西漢王朝的創建者。曾經率領軍隊攻佔咸陽，秦亡後，項羽分封諸侯，立他為漢王，最後他從巴蜀、漢中起兵擊敗項羽，統一天下。故曰「劉興西蜀」。

4 夢說南柯：唐李公佐《南柯記》傳奇說書生淳于棼夢至槐安國，國王招為駙馬，並任命他做南柯太守，享盡了榮華富貴，醒來才知道是一場大夢。這裏代指劉、項的爭霸也如一夢。

5 韓信：漢初大將。在幫助劉邦建立西漢的過程中，立下了汗馬功勞，後來卻被呂后殺害。兀的：這。也作「兀底」、「兀得」。證果：佛家語，果報，結果。

6 蒯（粵：拐；普：kuǎi）通：即蒯徹，漢初謀士，後世因避漢武帝劉徹名諱而改名。曾勸韓信背漢，「三分天下，鼎足而居」。韓信不聽，乃佯狂為巫。後被劉邦抓到，本欲烹殺，蒯通歷數韓信「十罪三愚」，實際上乃是為韓信鳴不平，劉邦感動並赦免了他。風魔：瘋癲。

7 蕭何：漢初大臣。韓信微賤時，蕭何向劉邦推薦韓信擔任大將。西漢建立以後，覺得韓信功業顯赫，他又同呂后一起除掉了韓信。

8 醉了由他：大醉不醒，哪管他成敗是非。

賞析與點評

這首曲藉詠史而歎世，譏刺社會現實。曲家將秦末漢初歷史重新梳理一遍，感歎歷史興廢也不過有如一夢，而人情反覆、世態炎涼更是讓人無奈，功業名利最後都化為烏有。曲家的感歎和譏刺不可謂不深。

【南呂・四塊玉】臨邛市[1]

美貌娘，名家子[2]，自駕着個私奔車兒[3]。漢相如便做文章士，愛他那一操兒琴，共他那兩句兒詩[4]。也有改嫁時。

馬嵬坡[5]

睡海棠[6]，春將晚，恨不得明皇掌中看[7]。霓裳便是中原患[8]，不因這玉環，引起那祿山，怎知蜀道難。

注釋

1 臨邛（粵：窮；普：qióng）：今四川邛崍縣。市：市集。

2 名家子：名門之女，指卓文君。

3 私奔車兒：指卓文君與司馬相如私奔事。西漢臨邛富商卓王孫之女文君，美貌多才，寡居在家。司馬相如在卓家宴飲時以琴聲挑之，後兩人私奔，於臨邛開設酒肆，文君當壚賣酒。

4 便做：僅僅是，不過是。一操兒：一曲，琴曲名操。兩句兒詩：指司馬相如彈琴時吟誦的《鳳求凰》：「鳳兮鳳兮歸故鄉，遨遊四海求其凰。」

5 安史之亂時，唐明皇避難西蜀，行至馬嵬坡時，發生兵變，要求賜死楊貴妃。玄宗萬般無奈，只得賜楊貴妃自縊。

6 睡海棠：宋樂史《楊貴妃外傳》：「（楊貴妃）時卯睡未醒，命力士從侍兒扶掖而至。上笑曰：『豈是妃子醉，直海棠睡未足耳。』」

7 掌中看：相傳漢成帝皇后趙飛燕身輕，能在掌中跳舞。

8 霓裳：即《霓裳羽衣曲》，唐代樂舞，據說楊貴妃擅舞此曲。

賞析與點評

馬致遠的《南呂．四塊玉》共十首，都是詠史之曲。所選兩首一詠司馬相如與卓文君事，一詠唐明皇與楊貴妃事。曲語詼諧幽默，在滑稽中滲透深意。比如詠楊貴妃事，曲家表面上說安史之亂是由楊貴妃引起，實際上卻是「恨不得明皇掌中看」，源頭還是在唐玄宗那兒。

【仙呂・青哥兒】[1]

正月

春城春宵無價，照星橋火樹銀花。[2]妙舞清歌最是他[3]，翡翠坡前那人家，鼇山下[4]。

五月

榴花葵花爭笑，先生醉讀《離騷》[5]。卧看風檐燕壘巢[6]，忽聽得江津戲蘭橈[7]。船兒鬧。

九月

前年維舟寒瀨[8]，對篷窗叢菊花開。陳跡猶存戲馬臺[9]，說道丹陽寄奴來。[10]愁無奈。

十二月

隆冬嚴寒時節，歲功來待將遷謝[11]。愛惜梅花積下雪。[12]分付與東君略添些[13]。豐年也。

注釋

1 馬致遠的《青哥兒》分詠十二月，此選其中四首。

2「照星橋」句：元宵佳節時，地上的燈火與天上的銀河交相輝映。星橋，指星河，也就是銀河。火樹銀花，形容張燈結綵或者大放焰火的燦爛夜景。

3 最是他：以他為最，數他最好。

4 鼇山：裝飾成海龜負山形狀的巨型燈火。

5《離騷》：戰國末期偉大詩人屈原的長篇抒情詩。

6 風檐：即屋檐。

7 江津戲蘭橈（粵：撓；普：ráo）：指江邊渡口人們正在賽龍船。蘭橈，本指蘭木製成的船槳，此指裝飾華美的船。橈，槳。

8 維舟寒瀨（粵：賴；普：lài）：把船停靠在秋天的江灣裏。瀨，本指激流，這裏指水迴旋處。

9 陳跡：古跡。戲馬臺：在今江蘇銅山南，東晉義熙年間劉裕（後來的宋武帝）曾在這裏大會賓客，飲酒賦詩。

10「說道」句：公元四〇四年桓玄篡晉，劉裕由京口起兵討伐。京口（今江蘇鎮江）與丹陽（今江蘇南京）緊鄰。寄奴，劉裕的小名。

11 歲功：指四季的輪換。來：語助詞。遷謝：到了盡頭。
12 「愛惜」句：古人認為用梅花上的積雪烹茶，茶味最美，常常把它掃下貯存起來。
13 東君：春神。

賞析與點評

馬致遠這十二首《青哥兒》主要描述了十二月中標誌性的景致和事物，如正月裏描繪焰火，五月則表現端午節賽龍舟等，曲詞輕鬆歡快，主要表現了曲家的閒適之情。

【雙調・壽陽曲】[1] 遠浦歸帆

夕陽下，酒旆閒[2]，兩三航未曾着岸[3]。落花水香茅舍晚，斷橋頭賣魚人散。

瀟湘夜雨

漁燈暗[4]，客夢回[5]，一聲聲滴人心碎。[6]孤舟五更家萬里，是離人幾行清淚。

江天暮雪

天將暮，雪亂舞，半梅花半飄柳絮。[7]江上晚來堪畫處，釣魚人一蓑歸去。[8]

注釋

1《壽陽曲》又名《落梅風》，總題為「瀟湘八景」，原八首，今選其中三首。

2 酒旆（粵：沛；普：pèi）：舊時酒店掛起來用來招客的旗幟，也就是店招。

3 航：渡船。

4 漁燈：漁船上的燈火，也就是漁火。張繼《楓橋夜泊》：「月落烏啼霜滿天，江楓漁火對愁眠。」

5 客夢回：遊子的夢醒了。回，蘇醒。

6「一聲聲」句：這是說雨聲喚起離人的無限憂愁。溫庭筠《更漏子》：「梧桐樹，三更雨，不道離情正苦。一葉葉，一聲聲，空階滴到明。」

7「半梅花」句：這是以梅花和柳絮來形容白雪。東晉女詩人謝道韞與其季父謝安在家賞雪。謝安問「大雪紛紛何所似」，謝道韞之兄謝朗說：「撒鹽空中差可擬。」謝道韞說：「未若柳絮因風起。」眾皆歎服。故後世常以柳絮喻雪。

8「釣魚人」句：柳宗元《江雪》：「孤舟蓑笠翁，獨釣寒江雪。」張志和《漁父》：「青箬笠，綠蓑衣，斜風細雨不須歸。」本句整合二詩而成。

賞析與點評

馬致遠的這首組曲以「瀟湘八景」為題，很可能是即景而作，曲作中融入的是傳統詩詞的主題，比如《瀟湘夜雨》一曲中表現的是「夜雨客愁」主題，這在古典詩詞中比比皆是；《江天暮雪》一曲更是融合柳宗元與張志和的詩意，表現的意境與其一般無二。不能簡單的認為這是馬致遠自身的經歷。

白賁

白賁，生卒年不詳。字無咎，錢塘人。父白珽，長於詩文。早年隨父居杭州、常州，後出仕，曾任忻縣知州，至正間（一三二一—一三二三）曾任溫州路平陽州教授（學官名），後為南安路總管府經歷。善繪畫。長於作曲，人讚云「如太華孤峰」。散曲今存世甚少，僅小令二首，套數三篇。

【正宮·鸚鵡曲】[1]

儂家鸚鵡洲邊住[2]，是個不識字漁父。浪花中一葉扁舟，睡煞江南煙雨。

【幺】[3]覺來時滿眼青山[4]，抖擻綠蓑歸去。算從前錯怨天公，甚也有安排我處[5]。

注釋

1 白賁此曲當時甚有名，和者甚多，不乏名家，如盧摯、馮子振、劉敏中等。《陽春白雪》、《太平樂府》、《雍熙樂府》等曲選皆收錄。《鸚鵡曲》又名《黑漆弩》、《學士吟》，自白無咎此曲一出，因白曲開篇詞中有「鸚鵡洲邊住」句，後人遂多稱為《鸚鵡曲》。

2 儂家：自稱，我。鸚鵡洲：地名，在湖北漢陽西南長江中。

3 幺：《幺篇》之省。北曲一般只有一段，若後段即前段的重複（或略有變化），後篇即稱《幺篇》，而南曲中一般稱《前腔》。

4 覺來時：醒來時。

5 甚：真。

賞析與點評

白賁的《鸚鵡曲》膾炙人口，引起當時及後世無數人唱和，盛況空前。曲作中塑造了一個富有個性的漁父形象，這個漁父既來源於古典詩詞中的隱士，如柳宗元的《江雪》、張志和的《漁父》，但又有所創新，這個漁父自我解嘲不識字，錯怨了天公，實際上卻是對這個社會不公的一種譏刺。這種譏刺極為含蓄，曲詞又如此優美，聲調錯落諧美，引人讚歎，是以人們將之推為曲中之「最上品」。

【雙調・百字折桂令】[1]

弊裘塵土壓征鞍[2]，鞭倦嫋蘆花。[3]弓箭蕭蕭，一逕入煙霞[4]。動羈懷[5]：西風禾黍，秋水蒹葭[6]。千點萬點，老樹寒鴨。三行兩行，寫長空啞啞，雁落平沙。曲岸西邊，近水渦，魚網綸竿釣艖[7]。斷橋東邊，傍西山，竹籬茅舍人家。見滿山滿谷，紅葉黃花。正是傷感淒涼時候，離人又在天涯。

注釋

1 此曲一說乃鄭光祖之作。
2 弊裘：也作「敝裘」，破舊的衣服。征鞍：遠行的鞍馬。
3 嫋：搖曳的樣子。此句意謂遊子疲倦無力，馬鞭有如蘆花一樣搖曳。
4 一逕：一直。

5 羈懷：遊子羈旅的情懷。

6 蒹葭：蘆葦。

7 長空：一作「高寒」，指天空。寫長空：雁飛空中，像在寫字，故說「寫長空」。

8 綸竿：釣魚竿。釣艖（粵：叉；普：chā）：釣魚的小船。

賞析與點評

這是一首羈旅之曲，曲家緊扣清秋羈旅，穿插各種表現離人鄉愁的意象，多用襯字，舒緩抒情節奏。曲中之情哀婉綿麗，打動人心，與歷代詩詞中的羈旅名篇相比也毫不遜色。

鮮于必仁

鮮于必仁，字去矜，號苦齋。生平不詳。漁陽郡（今北京市密雲縣）人，元代著名書法家鮮于樞之子，與著名曲家海鹽楊梓之二子國材、少中交善。現存小令二十九首。

【雙調・折桂令】[1]蘆溝曉月[2]

出都門鞭影搖紅，山色空濛，林景玲瓏。橋俯危波，車通運塞，欄倚長空。起宿靄千尋臥龍[3]，掣流雲萬丈垂虹，路杳疏鐘，似蟻行人，如步蟾宮[4]。

西山晴雪[5]

玉嵯峨高聳神京[6]。峭壁排銀，疊石飛瓊，地展雄藩[7]，天開圖畫，戶判圍屏。分曙色流雲有影，凍晴光老樹無聲。醉眼空驚，樵子歸來，蓑笠青青。

注釋

1 鮮于必仁《雙調．折桂令》共八首，總題為《燕山八景》。今選其二。

2 蘆溝曉月：元代燕山（今北京地區）八景之一。盧溝橋始建於金大定（一一六一——一一八九）年間，橫跨永定河，位於今北京市西南。

3 靄：雲氣。尋：古代的長度單位，八尺為一尋。

4 蟾宮：月宮，傳說月中有蟾蜍，故後世稱月亮為蟾宮。「如步蟾宮」是說人在曉月之下的盧溝橋上走，如同行走在月宮中一般。

5 西山晴雪：元代燕山八景之一。西山在今北京市西北。

6 嵯（粵：初；普：cuó）峨：山勢高峻的樣子。

7 地展雄藩：意指西山為北京屏障。雄藩，雄偉的屏藩。

賞析與點評

鮮于必仁的這首《折桂令》組曲分詠燕山八景，曲家筆觸細膩而大氣，細膩處善於從虛、實、正、側等多方面展示所寫之景，大氣處着筆點高，視野開闊，氣勢雄偉，曲家中並不多見。

張養浩

張養浩（一二七〇—一三二九），字希孟，號雲莊，山東濟南人。自幼聰慧，博通經史，十九歲被薦為東平學正。後遊京師，不忽木薦為御史臺掾，後升監察御史，累官至翰林學士、禮部尚書。為人正直廉潔，曾上時政萬言書，得罪權貴，又曾以直諫觸怒英宗，辭官歸隱。文宗天曆二年（一三二九），因關中大旱，復出治旱救災，特拜陝西行臺中丞，不久便勞瘁而死。追封濱國公，謚文忠。詩文集有《歸田類稿》，散曲集有《雲莊休居自適小樂府》。明朱權稱其曲「如玉樹臨風」。今存小令一百六十一首，套數二篇。

【中呂・山坡羊】[1]潼關懷古[2]

峰巒如聚，波濤如怒，山河表裏潼關路[3]。望西都[4]，意踟躕[5]。傷心秦漢經行處，宮闕萬間都做了土。[6]興，百姓苦；亡，百姓苦。

驪山懷古

驪山四顧[7]，阿房一炬[8]，當時奢侈今何處。只見草蕭疏，水縈紆[9]。至今遺恨迷煙樹，列國周齊秦漢楚。[10]贏，都變做了土；輸，都變做了土。

注釋

1 元文宗天曆二年，關中大旱，張養浩特拜陝西行臺中丞，辦理賑災諸事。赴任途中，他以《中呂・山坡羊》寫了一組懷古之作，此選其中兩首。

2 潼關：古關隘名，地處今陝西華陰縣，卡陝西、山西、河南三省要衝，歷代皆為軍事要地，素稱險要。這首作於曲家路過潼關之時。

3 山河表裏：《左傳・僖公二十八年》：「子犯曰：『戰也，戰而捷，必得諸侯。若其不捷，表裏山河，必無害也。』杜預注：晉國外河而內山。」後因稱山河屏障之處為表裏山河。潼關外有黃河，內有華山，形勢十分險要，故云。

4 西都：指長安（今陝西西安），漢唐時期的都城。

5 意踟躕（粵：持櫥；普：chí chú）：原指猶豫不決、徘徊不前，這裏指心潮起伏、感慨萬千。

6 「宮闕」句：意指無數雄偉的宮殿在歷代的戰亂中都被破壞、焚燬而變成焦土。宮，宮殿。闕，王宮前的望樓。

7 驪山：在今陝西臨潼縣東南，秦始皇曾在此修建舉世聞名的始皇陵。杜牧《阿房宮賦》：「驪山北構而西折，直走咸陽。」顧：看。

8 阿房：秦國著名的宮殿。《三輔黃圖》：「阿房宮，亦曰阿城。惠文王造宮未成而亡，始皇廣其宮，規恢三百餘里。離宮別館，彌山跨谷，輦道相屬，閣道通驪山八百餘里。」後來項羽引兵西屠咸陽，「燒秦宮室，火三月不滅」（見《史記·項羽本紀》），故曰：「阿房一炬。」

9 縈紆（粵：迂；普：yū）：指水盤旋迂迴地流淌。

10 列國：各國，即周、齊、秦、漢、楚等國。這句意謂各國都在此建都或者爭霸。

賞析與點評

張養浩的這組詠史懷古之曲作於賑災赴任之途中，感慨的正是天下蒼生之苦痛，是以在面對如許歷史名勝古跡之時，曲家卻以獨特的眼光看透了歷史，看穿了現在，甚至預言了將來。曲家不爭一時一地，而是將歷史和古跡置於一個深廣的時間軸上來看，最後發現歷史的興衰更替不過如此，而其中最受苦難的永遠是老百姓。句句挖肉剔骨，字字抽髓見血，氣勢雄渾而感慨深沉，在元曲乃至古典詩歌中都得享盛名。

【正宮·塞鴻秋】[1]

春來時香雪梨花會，夏來時雲錦荷花會，秋來時霜露黃花會[2]，冬來時風月梅花會。春夏與秋冬，四季皆佳會。主人此意誰能會[3]。

注釋

1 此曲運用了獨木橋體，句末皆用了相同的「會」字，「會」字含義還有變化，寫出曲家妙賞生活之閒趣。

2 黃花：菊花。

3 會：懂得，明白。

【雙調・沉醉東風】[1]

班定遠飄零玉關，[2]楚靈均憔悴江干。[3]李斯有黃犬悲，[4]陸機有華亭歎。[5]張東之老來遭難。[6]把個蘇子瞻長流了四五番，[7]因此上功名意懶。

又

昨日顏如渥丹，[8]今朝鬢髮斑斑。恰才桃李春，又早桑榆晚。[9]斷送了古人何限，只為天地無情樂事慳，[10]因此上功名意懶。

注釋

1 張養浩《雙調・沉醉東風》共有七曲，此選其中兩首。

2 「班定遠」句：班定遠，即班超。據《後漢書》，班超以戰功封定遠侯，年老思鄉，因上疏請求調回關內說：「臣不敢望到酒泉郡，但願生入玉門關。」

3「楚靈均」句：屈原，楚國人，字靈均，故稱「楚靈均」。《楚辭．漁父》：「屈原既放，遊於江潭，行吟澤畔，顏色憔悴，形容枯槁。」

4「李斯」句：李斯，上蔡（今河南上蔡縣）人，秦朝的丞相。他在秦國統一六國過程中起了重要作用，後被趙高所忌，與其子一起被腰斬於咸陽市。臨刑時，他回頭對其子說：「吾欲與若復牽黃犬，俱出上蔡東門逐狡兔，豈可得乎？」

5「陸機」句：陸機，字士衡，華亭（今上海松江）人。西晉著名文學家，有《文賦》等作品傳世。後遭讒，為司馬穎所殺。臨刑，歎曰：「華亭鶴唳，豈可復聞乎？」（見《晉書．陸機傳》）

6「張柬之」句：張柬之（六二五—七〇六），字孟將，襄陽（今湖北襄陽）人。進士及第後，累官至監察御史、宰相。後被武三思排擠，貶為新州司馬，憤恨而死。

7「蘇子瞻」句：蘇子瞻，即蘇軾，北宋大文學家、大書畫家。他在政治上偏保守一派，反對王安石變法。新舊黨爭中，屢遭貶謫。神宗時，被貶為黃州（今湖北黃岡縣）團練副使。哲宗時，新黨再度執政，又被謫貶到惠州（今廣東惠陽），六十三歲時更被遠貶儋州（今海南島）。赦還的第二年，死於常州（今江蘇常州）。

8渥（粵：握；普：wò）丹：塗上紅的顏色，形容紅潤而有光澤。《詩．秦風．終南》：「顏如渥丹。」

9　又早桑榆晚：又已到了晚年。《後漢書・馮異傳》：「失之東隅，收之桑榆。」東隅，本指日出的地方；桑榆，本指日落的地方，後以「桑榆」比喻人的晚年。

10　慳（粵：閒高去；普：qiān）：吝嗇。

賞析與點評

張養浩這組《沉醉東風》均以「因此上功名意懶」作結，講述曲家自己淡泊功名、心灰意懶的種種原因。古代文人講究學以致用，多胸懷大志，以濟世救民為己任；而在政治鬥爭黑暗而激烈時往往又心懷出世之想，以歸隱林泉、笑傲江湖為樂。這是入世與出世的矛盾。張養浩這組曲背後也是這種矛盾，其潛臺詞並不在於抒發隱退之志，而在於感慨世道，表達志不獲騁的憤慨。

【雙調・折桂令】過金山寺[1]

長江浩浩西來，水面雲山，山上樓臺。山水相連，樓臺相對，天與安排[2]。詩

句成風煙動色，酒杯傾天地忘懷。醉眼睜開，遙望蓬萊[3]，一半兒雲遮，一半兒煙霾。[4]

中秋

一輪飛鏡誰磨，照徹乾坤，印透山河。玉露泠泠[5]，洗秋空銀漢無波[6]，比常夜清光更多，[7] 盡無礙桂影婆娑[8]。老子高歌，為問嫦娥[9]，良夜懨懨[10]，不醉如何。

注釋

1 張養浩《雙調・折桂令》共八首，此選其中之二。

2 天與安排：上天幫忙安排。與，給，替。

3 蓬萊：《漢書・郊祀志》云：「自威宣、燕昭使人入海求蓬萊、方丈、瀛洲，此三神山者，其傳在渤海中。」後因以泛指想像中的仙境。

4 霾：指空氣中漂浮的微塵等物。這句指蓬萊仙境處於煙霧繚繞之中。

5 玉露泠泠（粵：伶；普：líng）：潔白的露珠顯得格外清涼。玉露，形容露珠的澄澈透明。秦觀《鵲橋仙》：「金風玉露一相逢，便勝卻人間無數。」泠泠，形容清涼。

6 銀漢：即銀河。蘇軾《陽關曲》：「暮雲收盡溢清寒，銀漢無聲轉玉盤。」

7「比常夜」句：指中秋之月比平常更明亮。此處化用杜甫《一百五日夜對月》詩：「斫卻月中桂，清光應更多。」

8 桂：指傳說中月中的桂樹。婆娑：枝葉盤旋的樣子。

9 嫦娥：傳說中月宮裏的仙女。《淮南子・覽冥訓》載，后羿從西王母那裏得到不死之藥，其妻嫦娥偷吃以後，飛升至月宮。

10 懨懨（粵：淹；普：yān）：精神不振的樣子。

賞析與點評

這兩首曲子皆寫景之作，第一首寫金山寺，第二首寫月。兩首曲子的共同之處在於筆觸綿密，層次分明，寫景摹物精細幽微，如第一首寫金山寺，開篇一氣順下，頂針手法的嵌入，將金山寺的位置描摹得非常精準。第二首中多側面多層次描摹月光，烘托出明月如水、靜謐清幽的中秋氛圍。

鄭光祖

鄭光祖，生卒年不詳。字德輝，平陽襄陵（今山西襄汾縣）人。元代著名戲劇家，名列元曲四大家之一。《錄鬼簿》評價他「名聞天下，聲徹閨閣」。曾任杭州路吏，卒葬西湖靈芝寺。他創作雜劇可考者十八種，今存《倩女離魂》、《王粲登樓》、《翰林風月》等八種，以《倩女離魂》最為知名。另存小令六首，套數兩篇。

【雙調・蟾宮曲】夢中作[1]

半窗幽夢微茫，歌罷錢塘[2]，賦罷高唐[3]。風入羅幃，爽入疏欞[4]，月照紗窗。縹緲見梨花淡妝[5]，依稀聞蘭麝魚香。[6]喚起思量。待不思量，怎不思量。

注釋

1 鄭光祖《雙調・蟾宮曲》共三首，今選其一。

2 歌罷錢塘：宋何薳《春渚紀聞》「司馬才仲遇蘇小」條載：「宋代司馬才仲初在洛陽，晝寢，夢一美人牽帷而歌曰：『妾本錢塘江上住，花落花開，不管流年度。燕子銜將春色去，紗窗幾陣黃梅雨。』」後司馬才仲以東坡先生薦應制舉中等，遂為錢塘幕官，其廨舍後即唐蘇小小墓。錢塘：即杭州，南宋都城，歌舞繁華之地。

3 賦罷高唐：高唐，楚國臺館名。相傳楚王遊高唐，夢見神女與其歡會。宋玉作《高唐賦》記此事。

4 櫺：即窗格。

5 「縹緲」句：化用白居易《長恨歌》詩：「玉容寂寞淚闌干，梨花一枝春帶雨。」這裏指女子妝飾素雅、清淡。縹緲，隱約。

6 「依稀」句：化用五代後蜀閻選《賀新郎》詞：「蘭麝細香聞喘息，綺羅纖縷見肌膚。」蘭香與麝香，均是名貴的香料。

賞析與點評

詩詞中多有記夢之作，鄭光祖此曲寫夢，其含蓄婉約處與詩詞無異。首寫暗夜夢中幽會，惝恍迷離，在迷離中佳人離去，挽留不得。夢中的佳會正是現實中的不可能，故別離後相思滿溢。正似「直道相思了無益」，「一寸相思一寸灰」也。

【正宮・寒鴻秋】

門前五柳侵江路[1]，莊兒緊依白蘋渡[2]。除彭澤縣令無心做，[3]淵明老子達時務。頻將濁酒沽[4]，識破興亡數[5]，醉時節笑撚着黄花去。[6]

又

金谷園那得三生富[7]，鐵門限枉作千年妒[8]，汨羅江空把三閭污[9]，北邙山誰是千鍾祿[10]。想應陶令杯[11]，不到劉伶墓[12]。怎相逢不飲空歸去。

注釋

1 五柳：陶淵明曾著《五柳先生傳》以自況，後以「門前五柳」指隱逸之士的住所。

2 白蘋渡：長滿白蘋的渡口，這也常常是隱士來往之處。

3「彭澤令」句：陶淵明曾做了八十四天的彭澤令，因不為五斗米折腰，掛印回鄉。除，任命。

4 濁酒：新釀之酒。

5 識破興亡數：看透了興亡的命運。數，命運。

6「醉時」句：陶淵明生性嗜酒，又愛菊。蕭統《陶淵明傳》載：「（陶淵明）嘗九月九日出宅邊菊叢中坐。久之，滿手把菊，忽值（江州刺史王）弘送酒至，即便就酌，醉而歸。」

7 金谷園：晉石崇所建，在洛陽城西。石崇以奢富著稱，常在金谷園中宴賓取樂。此句意謂富貴不能長久。

8 鐵門限：鐵門檻，比喻過不去的關口。范成大《重九日行營壽藏之地》詩：「縱有千年鐵門限，終須一個土饅頭。」

9 汨（粵：覓；普：mì）羅江：在今湖南岳陽。屈原遭放逐後，自沉於汨羅江。三閭：指屈原，屈原曾為楚三閭大夫，掌管屈、昭、景三姓貴族的事。

10 北邙（粵：忙；普：máng）山：在洛陽市北，東漢及魏的王侯公卿多葬於此。千鍾祿：指高官厚祿。鍾，古代量器。《左傳》有：「釜十則鍾。」杜預注：「（鍾）六斛四斗。」

11 陶令杯：陶淵明曾做彭澤令，又性嗜酒，故云「陶令杯」。

12 劉伶：西晉沛國（今安徽宿州）人，字伯倫，性嗜酒，竹林七賢之一，曾著有《酒德頌》，藐視禮法，頌揚飲酒。

賞析與點評

鄭光祖這兩首《寒鴻秋》表現的也是元曲中常見的淡泊功名、頌揚隱逸的思想。手法比較一致，都在開篇時從正反兩方面列舉了許多歷史事例，頌揚了及時抽身、全身遠禍的行為。元曲中屢屢流露這種思想也正是時代的反映。

曾瑞

曾瑞，字瑞卿，號褐夫，大興（今北京大興縣）人，一說平州（今河北盧龍縣）人。生卒年不詳。他終生不願為官，因號「褐夫」。後羡慕浙江人才之盛，移家杭州，與江浙士大夫多有交遊。善丹青，工畫山水，學范寬。能為隱語、小曲。《錄鬼簿》說他「神采卓異，衣冠整肅，優遊於市井，灑然如神仙中人」，並記「臨終之日，詣門弔者以千數」。著雜劇《王月英元夜留鞋記》、《才子佳人誤元宵》，後者已佚。有散曲集《詩酒餘音》，已佚。今存小令九十五首，套數十七篇。

【南呂・四塊玉】酷吏[1]

官況甜，公途險[2]，虎豹重關整威嚴[3]。仇多恩少人皆厭。業貫盈[4]，橫禍添，無處閃。

注釋

1 酷吏：指使用殘酷方法統治的官吏。

2 公途：指仕途。

3 虎豹重關：虎豹守着重疊的門，形容門禁森嚴。屈原《招魂》：「虎豹九關，啄害下人些。」

4 業貫盈：謂罪惡滿盈。業，梵語「羯磨」的意譯，有造作之義。佛教稱人的行為、言語、思念為業。業有善惡之分，但一般指惡業。

賞析與點評

曾瑞這首曲子揭露了元代殘酷的吏治，諷刺及警告了這些酷吏惡貫滿盈，必不得善終，具有較強的現實批判意義。

【中呂・山坡羊】譏時

繁花春盡，窮途人困，太平分的清閒運[1]。整乾坤，會經綸[2]，奈何不遂風雷信？[3]朝市得安為大隱[4]。咱，裝做蠢；民，何受窘！

注釋

1 分（粵：份；普：fèn）：命中注定。清閒運：不做官而享清閒的命運，這是憤激及反諷之辭。

2 整乾坤，會經綸：比喻自己有治理國家的才能。

3 風雷：比喻巨大的力量。這句指得到施展才華的機會。

4 大隱：按古人有所謂大隱、中隱、小隱之說，謂小隱隱於山林，大隱隱於市朝。

【南呂・罵玉郎過感皇恩採茶歌】閨情

【罵玉郎】才郎遠送秋江岸，斟別酒唱陽關[1]，臨岐無語空長歎[2]。酒已闌[3]，曲未殘，人初散。【感皇恩】月缺花殘，枕剩衾寒。臉消香，眉蹙黛，髻鬆鬟。

心長懷去後，信不寄平安。拆鸞鳳，分鶯燕[4]，杳魚雁[5]。【採茶歌】對遙山，倚闌干，當時無計鎖雕鞍。[6]去後思量悔應晚，別時容易見時難。[7]

閨中聞杜鵑

【罵玉郎】無情杜宇閒淘氣[8]，頭直上耳根底[9]，聲聲聒得人心碎。你怎知，我就裏[10]，愁無際？【感皇恩】簾幕低垂，重門深閉。曲欄邊，雕檐外，畫樓西。把春酲喚起[11]，將曉夢驚回。無明夜，閒聒噪，厮禁持[12]。【採茶歌】我幾曾離，這繡羅幃？沒來由勸道我不如歸。狂客江南正着迷，這聲兒好去對俺那人啼。

注釋

1 陽關：故址在今甘肅敦煌西南。《元和郡縣志》說，因它在玉門關之南，所以叫「陽關」。王維《送元二使安西》：「勸君更盡一杯酒，西出陽關無故人。」

2 臨岐：臨近分別。岐，同「歧」，岔路。

3 酒已闌：酒已喝盡。

4 鸞鳳、鶯燕：喻夫妻或情侶。

5 魚雁：指信。這幾句都是倒裝句。

6 「當時」句：化用柳永《定風波》詞：「早知恁般麼，悔當初不把雕鞍鎖。」

7 「別時」句：源於李煜《浪淘沙》詞：「無限江山，別時容易見時難。」

8 杜宇：杜鵑的別稱。杜宇為古蜀國國王，號望帝。禪位後因思念其子民而魂化杜鵑，夜夜泣血。又因牠的叫聲像「不如歸去」，人們多不忍聞，故常用以寄託離愁別恨。

9 頭直上：北方口語，即頭頂上。

10 就裏：內心，內幕。紀君祥《趙氏孤兒》雜劇有：「那屠岸賈將我的孩兒十分見喜，他豈知就裏的事。」

11 酲（粵：呈；普：chéng）：本指因喝醉了酒而神志不清，此處指因春睡而神志不清。

12 廝禁持：相糾纏，相折磨。

賞析與點評

這兩首曲子都是帶過曲，由《罵玉郎》、《感皇恩》、《採茶歌》三支小令組成。曲家充分運用帶過曲的特點，銜接自然而情緒渲染得十分濃厚。又偶爾夾雜俗語，略帶諧趣，語言正是曲家之本色，在寫閨情中別具一格。

【中呂・喜春來】[1]相思

你殘花態那衣叩，咱減腰圍攢帶鈎，[2]這般情緒幾時休。思配偶，爭奈不自由。

又

鴛鴦作對關前世，翡翠成雙約後期，無緣難得做夫妻。除夢裏，驚覺各東西。

妓家

無錢難解雙生悶[3]，有鈔能驅倩女魂[4]，粉營花寨緊關門[5]。咱受窘，披撇見錢親。

注釋

1 曾瑞嘗作《喜春來》二十二首，此選其中三首。

2 那：挪動。「咱減腰圍」句：意謂因害相思而消瘦。

3 雙生：指雙漸。宋元時，雙漸、蘇卿的愛情故事流傳甚廣，原故事中的蘇卿本來是個重情不重財的歌伎，最後促成雙漸科舉高中。但此曲反用。曲中用來比擬蘇卿的

「妓家」嫌貧愛富，使得雙漸一類的書生無路進階，十分苦悶。

4 **倩女魂**：張倩女離魂故事在宋元時流傳甚廣，張倩女因愛戀情人王文舉，其魂魄追隨王文舉進京赴試，其真身臥病在牀。後王文舉返回，張倩女魂魄附體，而後病癒。鄭光祖《倩女離魂》雜劇講述的也是這個故事。

5 **粉營花寨**：指妓院。

賞析與點評

這幾支小令都是相思之曲，語言詼諧，如反用雙漸、蘇卿故事等，雜入口語，正是曲家之當行本色，雖為小令而別具風致。

虞集

虞集（一二七二—一三四八），字伯生，號道園，世稱邵庵先生。江西崇仁（今江西省崇仁縣）人。南宋宰相虞允文五世孫。元成宗大德初年（一二九七），官大都路儒學教授，除國子助教博士。六年（一三〇二），除翰林待制兼國史院編修官。累官祕書少監，翰林直學士兼國子祭酒。文宗時除奎章閣侍書學士，主修《經世大典》，進侍講學士。告病回江西後卒，封仁壽郡公，謚文靖。虞集為元中葉最負盛名的文學家，與楊載、揭傒斯、范德機並稱元詩四大家，《元史》有傳。著有《道園學古錄》、《道園類稿》。散曲僅存小令一首。

【雙調·折桂令】

席上偶談蜀漢事，因賦短柱體[1]

鑾輿三顧茅廬[2]，漢祚難扶[3]。日暮桑榆[4]，深渡南瀘[5]。長驅西蜀，力拒東吳。美乎周瑜妙術[6]，悲夫關羽云殂[7]。天數盈虛，造物乘除[8]，問汝何如？早賦歸歟[9]。

注釋

1 短柱體：元曲巧體之一，兩字一韻，每句兩韻至三韻。

2 鑾輿三顧茅廬：指劉備三次到襄陽隆中訪聘諸葛亮輔助自己興復漢室事。鑾輿，皇帝的車駕。

3 漢祚難扶：指蜀漢政權難以維持。祚，皇位、國統。

4 桑榆：古人謂傍晚日落時，光照於桑樹和榆樹端，因以桑榆比喻晚年。《文選》曹植《贈白馬王彪》詩：「年在桑榆間，影響不能追。」李善注：「日在桑榆，以喻人之將老。」此指蜀漢政權行將衰敗。

5 南瀘：蜀漢建國後，南中諸郡均叛，諸葛亮於建興三年（二二五）親自率兵南渡瀘水，平定了叛亂。

6 周瑜妙術：指周瑜聯合劉備大敗曹操八十萬大軍於赤壁一戰之事。

7 關羽云殂：云，助詞，無實際意義。殂，死亡。

8 造物：指造物主，天地。乘除：比喻人事的消長盛衰。

9 賦歸歟：賦《歸去來兮辭》，指歸隱。

賞析與點評

這是一首詠史懷古之曲，曲家藉三國舊事巧談時事，寄寓現實感慨，抒發避世歸隱的思想感情。這種感慨看似消沉，實際上也是情非得已，也是現實的無奈，充滿了苦澀。

劉時中

劉時中，或以為即劉致。生卒年不詳。號逋齋，石州寧鄉（今山西離石）人。因石州歸太原管轄，故有「太原寓士」之稱。其父名彥文，字子章，生前任廣州懷集令，卒於長沙。大德二年，翰林學士姚燧遊長沙，致往見，為其賞識，被薦用為湖南廉訪使司幕僚。至大三年（一三一〇），燧又薦之為河南行省掾。至治二年（一三二二）劉致任太常博士，至順三年（一三三二）在翰林待制任內，最後調任江浙行省都事。死後無以為葬，杭州道士王眉叟葬之。今存小令七十四首，套數四篇。

【南呂·四塊玉】[1]

泛彩舟，攜紅袖[2]，一曲新聲按伊州[3]。樽前更有忘機友[4]：波上鷗，花底鳩，湖畔柳。

又

看野花，攜村酒，煩惱如何到心頭。紅纓白馬難消受[5]。二頃田，兩隻牛，飽時候。

又

佐國心[6]，拿雲手[7]，命裏無時莫強求。隨緣過得休生受[8]。幾葉錦，幾疋紬，暖時候。

又

祿萬鍾[9]，家千口，父子為官弟封侯。畫堂不管銅壺漏。[10]休費心，休過求，擲破頭[11]。

注釋

1 劉時中所作《四塊玉》共十首，今選其中四首。

2 紅袖：代指身着豔裝的美女，這裏指歌伎。

3 按：按板（歌唱）。伊州：唐宋大曲名。

4 忘機友：沒有機心的朋友，即下文的鷗、鳩、柳。

5 紅纓白馬：指代官宦生涯。

6 佐國心：輔佐君主治國安邦之心。

7 拿雲手：比喻志向遠大，才能突出。李賀《致酒行》詩：「少年心事當拏雲，誰念幽寒坐嗚呃。」

8 休生受：不要吃苦。《竹葉舟》雜劇：「天涯倦客空生受，憑着短劍長琴，遊遍七國春秋。」

9 祿萬鍾：優厚的俸祿。祿，俸錢，薪金。鍾，古代以六斛四斗為一鍾。

10 畫堂：華麗的房子。銅壺漏：古代的計時器。這句意思是說時光流逝，歲月不饒人。

11 攧（粵：顛；普：diān）破頭：碰破頭。攧，跌倒。

賞析與點評

這幾首曲子或莊或諧，或正或反，均以頌揚隱逸之情為主題，表現出濃厚的閒情逸致和避世情懷。

【中呂・朝天子】邸萬戶席上[1]

柳營[2]，月明，聽傳過將軍令。高樓鼓角戒嚴更，卧護得邊聲靜[3]。橫槊吟情[4]，投壺歌興[5]，有前人舊典型[6]。戰爭，慣經，草木也知名姓。[7]

又

《虎韜》，《豹韜》[8]，一覽胸中了。時時拂拭舊弓刀，卻恨封侯早。夜月鐃歌[9]，春風牙纛[10]，看團花錦戰袍。鬢毛，木雕[11]，誰便道馮唐老[12]。

注釋

1 邸萬戶：人名，生平事跡不詳。

2 柳營：即細柳營。《史記・絳侯周勃世家》：「後六年，匈奴大入邊。乃……以河內守亞夫為將軍，軍細柳，以備胡。上自勞軍，至霸上及棘門軍，直馳入，將以下騎送迎。已而至細柳軍，軍士吏被甲，鋭兵刃，彀弓弩，持滿，天子先驅至，不得入……文帝曰：『嗟乎！此真將軍矣！曩者霸上、棘門軍，若兒戲耳。』」後即以「細柳營」為軍紀嚴明、戰鬥力強的代稱。

3 邊聲靜：邊塞上的各種聲音，表示邊境很寧靜，沒有戰事。

4 橫槊（粵：朔；普：shuò）吟情：橫持着長矛吟詩，形容文武雙全的大將風度。蘇軾《前赤壁賦》：「方其（指曹操）破荊州，下江陵，順流而東也，舳艫千里，旌旗蔽空，釃酒臨江，橫槊賦詩，固一世之雄也。」槊，長矛，古代的一種兵器。

5 投壺歌興：投壺是我國古代宴會時的一種娛樂節目。《禮記・投壺》有記，以壺口為目標，用矢投入，以投中多少決勝負，負者要罰酒。

6 典型：模範，樣板。

7 「草木」句：極言將軍的聲譽。化用黃庭堅《送范德孺知慶州》詩：「乃翁知國如知兵，塞垣草木識威名。」

8《虎韜》、《豹韜》：古代的兵書，相傳是周代的呂尚（姜太公）所作，全書六卷，分為文韜、武韜、龍韜、虎韜、豹韜、犬韜。

9 鐃（粵：撓；普：náo）歌：軍中樂歌，漢樂府中屬於鼓吹曲，用於鼓勵士氣及宴享功臣。《古今注》說它「所以建武揚盛德，風勸戰士也」。鐃，古代軍中的一種打擊樂器。

10 牙纛（粵：毒；普：dào）：將軍的大旗。也作「牙旗」。

11 木雕：疑為「未凋」，形近而訛。雕，同「凋」，意謂兩鬢未白。

12 馮唐：據《史記·張釋之馮唐列傳》，馮唐才能傑出，在漢文帝、景帝時已有突出表現，但始終未獲重用。武帝立，求賢良，人舉馮唐，時唐年已九十餘歲，不能復為官，博得後世人一片痛惜之情。如唐王勃《滕王閣詩序》：「嗟乎！時運不齊，命途多舛。馮唐易老，李廣難封。」

賞析與點評

這兩首《朝天子》都是贈人讚人之曲，以前一般贈人讚人選用較為莊雅的詩詞，曲則比較少見。劉時中以曲之體裁讚人，也是對曲的功能的擴展。前一首重在從文武兩大方面讚頌邸萬戶的文韜武略，後一首曲子則從側面展現了邸萬戶的懷才不遇。曲子用典出語自然、真切，並非簡單阿諛，尤其是後一首的勸慰，感情非常真摯。

【中呂・紅繡鞋】勸收心

不指望成家立計，則尋思賣笑求食[1]，早巴得個前程你便宜。雖然沒花下子[2]，也須是腳頭妻，[3]立下個婦名兒少甚的？

注釋

1 這兩句指妓女不願正兒八經的成家立業，而是走歪門邪道。

2 花下子：指虛情假意、逢場作戲的嫖客。

3「也須是」句：意謂只要妓女真心從良，便可以成為受人真心疼愛、願意冷暖與共的妻子。

賞析與點評

此曲亦較為另類，通篇以議論筆法勸告妓女收心從良，別有風味。與傳統詩詞中以議論為詩、為詞的手法相同。於此亦可見詩詞曲的界限已非涇渭分明。

【雙調・折桂令】農

想田家作苦區區[1]，有斗酒豚蹄[2]，暢飲歌呼。瓦缽瓷甌，村簫社鼓，落得裝愚。[3]吾將種牽衣自舞，婦秦人擊缶相娛。兒女供廚，僕妾扶輿[4]。無是無非，不樂何如？

漁

鱖魚肥流水桃花，[5]山雨溪風，漠漠平沙。箬笠蓑衣[6]，筆牀茶灶，小作生涯。樵青採芳洲蓼牙[7]，漁童薪別浦蒹葭。小小漁舟差，泛宅浮家[8]，一舸鴟夷[9]，萬頃煙霞。

樵

正山寒黃獨無苗，聽斤斧丁丁，空谷蕭蕭。有澗底荊薪，淮南叢桂，吾意堪樵。赤腳婢香粳旋搗，長鬚奴野菜時挑。雲暗山腰，水沍溪橋[10]，日暮歸來，酒滿山瓢。

牧

被野猿山鳥相留，藥解延年，草解忘憂。土木形骸，煙霞活計，麋鹿交遊。[11]

悶來訪箕山許由[12]，閒時尋崧頂丹丘[13]。莫莫休休，蕩蕩悠悠，帶子攜妻，老隱南州。

注釋

1 區區：非常少。

2 豚：小豬，也泛指豬。

3 落得：弄到這般地步，亦作「落的」或「落來」。這裏指樂於裝作癡呆。

4 僕妾扶輿：有僕、妾扶持車駕。這種生活應是鄉間的士紳們才能擁有，普通農家難以企及。

5 此句化用張志和《漁歌子》（又名《漁父》）：「西塞山前白鷺飛，桃花流水鱖魚肥。」

6 箬笠：用箬竹葉編成的斗笠。

7 樵青：指婢女。唐顏真卿《浪跡先生玄真子張志和碑》：「肅宗嘗錫（賜）奴婢各一，玄真配為夫妻，名夫曰『漁童』，妻曰『樵青』。」後因以指女婢。宋陸游《幽居即事》詩：「炊烹付樵青，鉏灌賴阿對。」下句漁童典亦出此。蓼牙：蓼草新發之芽。

8 泛宅浮家：漁人長期生活於水上，與船相伴，故稱「泛宅浮家」。

9 鴟（粵：癡；普：chī）夷：即鴟夷子皮，本指革囊，范蠡退隱後經商自號鴟夷子皮，故常指范蠡。這一句是「一舸逐鴟夷」的縮寫，表示追隨范蠡歸隱於五湖間。唐杜牧《杜秋娘詩》：「西子下姑蘇，一舸逐鴟夷。」

10 沍（粵：戶；普：hù）：因寒冷而凝結。

11 「土木形骸」三句：身形化為土木，以煙霞維生，與麋鹿交往。此三句指樵夫與自然和諧相處、身與物化，已難分彼此。

12 許由：相傳為堯舜時代的隱士，曾隱居箕山。帝堯在位的時候曾想禪位於他，他認為這是一種羞辱，所以跑到潁水洗耳。

13 崧（粵：鬆；普：sōng）：即嵩山。丹丘：傳說中神仙居住之地，也作「丹邱」。《楚辭・遠遊》：「仍羽人於丹丘兮，留不死之舊鄉。」

賞析與點評

劉時中在這組曲中極力謳歌了農民、漁父、樵夫和牧人這四種人的恬靜安寧、與世無爭、閒適自然且充滿樂趣的生活。曲詞典雅秀麗，惹人嚮往。但這種謳歌要分為兩層來看，一方面這是曲家的美好想像，同現實有較大的差距；另一方面這種想像也反映了曲家對現實生活的不滿，在傳統士大夫階層看不到前景，只能把理想寄託於農村隱逸生活。這種想像也是一種無奈。

【雙調・殿前歡】

醉翁酡[1]，醒來徐步杖藜拖[2]。家童伴我池塘坐，鷗鷺清波。映水紅蓮五六科[3]，秋光過，兩句新題破。秋霜殘菊，夜雨枯荷。

又

醉顏酡，太翁莊上走如梭。門前幾個官人坐，有虎皮馱馱[4]。呼王留喚伴哥[5]，無一個，空叫得喉嚨破。人踏了瓜果，馬踐了田禾。

注釋

1 酡（粵：駝；普：tuó）：醉醺醺而滿臉通紅。

2 徐步：慢慢走。藜：用藜木做的拐杖。

3 科：同「顆」。

4 虎皮馱馱：滿滿的虎皮袋子。

5 王留、伴哥：元曲中農民泛用的名字。

賞析與點評

第二首曲子富有特色，詳細描繪了元朝官吏下鄉、百姓遭殃的情形。連貫而細緻的動詞使用將這幫貪官污吏描繪得栩栩如生，曲家不作任何評論，僅用白描手法，為我們留下歷史的珍貴畫面。正是元曲中的精品。

阿魯威

阿魯威，字叔重，號東泉，人或以「魯東泉」稱之，蒙古人。生卒年不詳。至治間曾官南劍太守，泰定間為經筵官、參知政事。善作散曲，今存小令十九首。

【雙調・蟾宮曲】懷古

鴟夷後那個清閒[1]？誰愛雨笠煙蓑，七里嚴湍[2]。除卻巢由[3]，更無人到，潁水箕山。歎落日孤鴻往還[4]，笑桃源洞口誰關[5]？試問劉郎[6]，幾度花開，幾度花殘？

又

問人間誰是英雄？有釃酒臨江，橫槊曹公。[7]紫蓋黃旗[8]，多應借得，赤壁東風[9]。更驚起南陽臥龍[10]，便成名八陣圖中[11]。鼎足三分，一分西蜀，一分江東。

注釋

1 鴟夷：指范蠡。

2 七里嚴湍：東漢嚴子陵隱居不仕，在七里灘釣魚過活。

3 巢由：巢，巢父。堯時隱士，以樹為巢而寢居其上，故時人號曰巢父。由，許由。

4 孤鳩：這裏喻隱居的高士。

5 桃源洞口：陶淵明作《桃花源記》，後世用來代指避世隱居的地方。

6 劉郎：指劉晨。《太平廣記》載，東漢永平年間，劉晨與阮肇同入天臺山採藥，遇二仙女，留居半載，還鄉時，子孫已歷十世。

7 釃（粵：私；普：shī）酒、橫槊二句：蘇軾《前赤壁賦》中說曹操：「方其破荊州、下江陵，順流而東也，舳艫千里，旌旗蔽空，釃酒臨江，橫槊賦詩。」釃酒，斟酒。

8 紫蓋黃旗：均是出現於斗牛之間的雲氣，古代術士認為是帝王的符瑞。這句指東吳孫權終於建立鼎立之帝業。三國韋昭《吳書》：「以尚書令陳化為太常……為郎中令使魏，魏文帝因酒酣，嘲問曰：『吳魏峙立，誰將平一海內者乎？』化對曰：『《易》稱帝出乎震，加聞先哲知命，舊說紫蓋黃旗，運在東南。』」

9 **赤壁東風**：赤壁大戰時，周瑜用部將黃蓋計，用火攻，恰巧東南風大起，向西北延燒，曹軍大敗。杜牧《赤壁》詩：「東風不與周郎便，銅雀春深鎖二喬。」

10 **南陽臥龍**：指諸葛亮。徐庶向劉備推薦諸葛亮時，稱其為「臥龍」。諸葛亮出山前，曾隱居南陽。諸葛亮《出師表》：「臣本布衣，躬耕南陽。」

11 **八陣圖**：傳說諸葛亮能擺八卦陣。杜甫《八陣圖》詩稱讚諸葛亮：「功蓋三分國，名成八陣圖。」

賞析與點評

阿魯威這兩首《蟾宮曲》較有新意。第一首列舉歷史上眾多隱居事例，質疑隱居的意義，在曲家筆下，隱居也是繁瑣而孤寂的，非常人所能為。立意與一般詠史懷古題材中頌揚隱逸的主題完全不同，可謂出新。第二首懷古在短短一首小令中高度概括頌揚了三國英雄曹操、孫權、諸葛亮的英雄事跡，視野開闊，筆勢雄健，氣度昂揚，讀來讓人振奮。這兩首《蟾宮曲》表現出的高昂情調與大多數元曲不同，這同阿魯威本為蒙古人且位居參政有關。

王元鼎

王元鼎，生卒年不詳。金陵（今江蘇南京市）人，約與阿魯威同時，曾為翰林學士。《南村輟耕錄》載當時任參政的阿魯威曾問北京名妓順時秀，他與王元鼎相比較如何？順時秀稱王元鼎善「惜玉憐香，嘲風弄月」。今人孫楷第《元曲家考略》認為他當為玉元鼎，原名阿魯丁，西域人，至大皇慶間國子學生員。其所作散曲，今存小令七首，套數二篇。

【越調・憑欄人】閨怨

垂柳依依惹暮煙，素魄娟娟當繡軒[1]。妾身獨自眠，月圓人未圓。

又

啼得花殘聲更悲，[2]叫得春歸郎未知。杜鵑奴倩伊[3]，問郎何日歸？

注釋

1 素魄：指月亮。因月白如素，故稱素魄。娟娟：美好的樣子。當：正當，迎着。繡軒：女子裝飾秀麗的住所。

2「啼得花殘」句：化用辛棄疾《賀新郎》詞：「綠樹聽鵜鴂，更那堪鷓鴣聲住，杜鵑聲切。啼到春歸無覓處，苦恨芳菲都歇。」

3 奴：女子自稱。倩：請。伊：彼，他，這裏指杜鵑。

賞析與點評

這兩首《憑欄人》都是閨怨曲，閨怨題材在傳統詩詞中表現極多，王元鼎以曲來寫，用語典雅而通透，較傳統詩詞稍顯明麗活潑。

薛昂夫

薛昂夫，維吾爾族人，生卒年不詳。本名薛超兀兒，一作超吾，回鶻（今新疆）人。漢姓馬，故亦稱馬昂夫，字九皋。據趙孟頫《薛昂夫詩集序》載，昂夫早年曾問學於宋末詩人劉辰翁。初為江西行中書省令史，後入京，由祕書監郎官累官僉典瑞院事、太平路總管、衢州路總管等職。晚年隱居杭州皋亭山一帶。薛昂夫善書法，尤工篆書。有詩名，與虞集、薩都剌相唱和。詩集已佚。現存小令六十五首，套數三篇。

【正宮・塞鴻秋】

功名萬里忙如燕[1]，斯文一脈微如線[2]，光陰寸隙流如電[3]，風雪兩鬢白如練。

。盡道便休官[4]，林下何曾見[5]，至今寂寞彭澤縣。[6]

注釋

1 功名萬里：指東漢班超希望立功邊疆封侯之事。《後漢書·班超傳》載班超言：「大丈夫無他志略，猶當效傅介子、張騫立功異域，以取封侯，安能久事筆硯間乎？」

2 斯文：指儒家奉守的禮樂教化、典章制度、品格修養等。《論語·子罕》有：「天之將喪斯文也，後死者不得與於斯文也。」

3 光陰寸隙：形容時光飛逝。《莊子·知北遊》云：「人生天地之間，若白駒之過隙，忽焉而已。」

4 盡道：都說。休官：辭官。

5 「林下」句：化用靈徹《東林寺酬韋丹刺史》詩：「相逢盡道休官好，林下何曾見一人。」林下，指山林隱逸的地方。

6 彭澤縣：晉陶淵明曾為彭澤縣令，後歸隱。此句言真正隱居的人很少。

賞析與點評

這是一首諷刺之曲。開篇前四句用了聯璧對手法，生動而極富表現力的刻畫了那些終日為功名利祿而奔忙的官吏形象。這些官吏沉迷仕途，斯文喪盡，還在虛偽的假作歸隱之辭。薛昂夫以「寂寞」的陶淵明作對比，將這些「忙如燕」的假名士之假面剝落殆盡。

【雙調・蟾宮曲】雪

天仙碧玉瓊瑤[1]，點點楊花[2]，片片鵝毛[3]。訪戴歸來[4]，尋梅懶去[5]，獨釣無聊[6]。一個飲羊羔紅爐暖閣，[7]一個凍騎驢野店溪橋。[8]你自評跋[9]，那個清高，那個粗豪。

注釋

1 碧玉瓊瑤：均是美玉，用來形容雪的晶瑩潔白。

2 點點楊花：以楊花喻雪。蘇軾《少年游》詞：「去年相送，餘杭門外，飛雪似楊花。今年春盡，楊花似雪，猶不見還家。」

3 片片鵝毛：形容雪片大如鵝毛。白居易《雪晚喜李郎中見訪》：「可憐今夜鵝毛雪，引得高情鶴氅人。」

4 訪戴歸來：《世說新語．任誕》載，晉王徽之嘗居山陰（今浙江紹興），忽然想起住在剡中（今浙江嵊縣）的友人戴安道，於是雪夜乘舟去看望他，過門不入而返。人問其故，曰：「乘興而來，興盡而返，何必見戴。」

5 尋梅懶去：唐代著名詩人孟浩然曾騎驢踏雪訪梅，留下佳話。

6 獨釣無聊：化用柳宗元《江雪》：「孤舟蓑笠翁，獨釣寒江雪。」

7 羊羔：美酒名。此句指白居易一類雅士藉雪品酒的行為，白居易有《問劉十九》詩：「綠蟻新醅酒，紅泥小火爐。晚來天欲雪，能飲一杯無？」

8 「凍騎驢」句：指孟浩然一類騷人雅士的孤高灑脫行徑。

9 評跋：品評，評議。

賞析與點評

這是一首詠雪之曲，曲家無一字正面寫到雪，而連用幾個與雪相關的典故，藉雪吟詠隱逸之趣，獨具詩心而又富有新意，乃詠物曲中之精品。

【中呂・山坡羊】[1]

大江東去，長安西過，[2]為功名走盡天涯路。厭舟車[3]，喜琴書[4]。早星星鬢影瓜田墓[5]，心待足時名便足[6]。高，高處苦；低，低處苦。

注釋

1 此曲《樂府群珠》題作《述懷》。

2 「大江」二句：言為功名奔波，足跡遍於大江南北。大江，長江。長安，漢唐古都，今西安。

3 厭舟車：指以奔波求官的羈旅生活為苦業。

4 喜琴書：指以琴書自娛的隱居生活為樂事。

5 早：早已經。星星鬢影：形容鬢髮花白。瓜田墓：漢邵平本為秦東陵侯，秦亡後，在長安城東門種瓜，味甜美，世稱「青門瓜」或「東陵瓜」。這句是説自己的隱居生活。

6 待：將要，將欲。

【雙調・水仙子】集句[1]

幾年無事傍江湖，醉倒黃公舊酒壚。[2]人間縱有傷心處，也不到劉伶墳上土，[3]醉鄉中不辨賢愚。對風流人物，看江山畫圖，[4]便醉倒何如[5]！

注釋

1 集句體亦為元曲巧體之一，詩詞中也有集句體，都是從前人詩文存作中集取詩句，巧妙組織，形成一篇全新的作品。最早的集句詩為晉代傅咸的《七經詩》。

2「幾年」兩句：集唐陸龜蒙《和襲美春夕酒醒》詩：「幾年無事傍江湖，醉倒黃公舊酒壚。覺後不知明月上，滿身花影倩人扶。」黃公，魏晉間一賣酒人。壚，安放酒甕的土臺。據《世說新語・傷逝》：王戎曾與友人嵇康、阮籍酣飲於黃公酒店，後來嵇康、阮籍二人去世，王戎重過此店，懷念故友，十分傷感。

3「也不到」句：集唐李賀《將進酒》詩：「勸君終日酩酊醉，酒不到劉伶墳上土。」劉伶，西晉人，嗜酒如命，《晉書・劉伶傳》載：「常乘鹿車，攜一壺酒，使人荷鍤而隨之，謂曰：『死便埋我。』」

4「對風流」二句：集蘇軾《念奴嬌・赤壁懷古》：「大江東去，浪淘盡，千古風流人物。」「江山如畫，一時多少豪傑。」

5 便：即使，縱然。

賞析與點評

集句本是一種文字遊戲，有些集句往往能推陳出新，別出機杼，形成一篇新的作品，組合原先之成句煥發出新的意義。薛昂夫以集句作曲，吟詠飲酒，藉醉酒寫性情，而從句中「幾年無事」、「傷心處」以及「不辨賢愚」等語來看，醉酒中分明還蘊含深意，曲家之醉酒未嘗不似阮籍之醉酒以避黑暗之社會乎？

趙善慶

趙善慶，生卒年不詳。字文寶，一作文賢，饒州樂平（今江西省樂平縣）人。善占卜之術，曾担任陰陽学正。他遊歷甚廣，先後到過西安、奉節、長沙、湘陰、鎮江、杭州等地。著有雜劇《七德舞》、《糜竺收資》、《教女兵》、《姜肱共被》、《擲笏諫》、《醉寫〈滿庭芳〉》、《負親沉子》、《村學堂》八種，均已散佚。今存小令二十九首。

【中呂・山坡羊】燕子

來時春社，去時秋社[1]，年年來去搬寒熱。語喃喃，忙劫劫[2]，春風堂上尋王謝[3]，巷陌烏衣夕照斜[4]。興，多見些；亡，都盡說。[5]

長安懷古

驪山橫岫[6]，渭水環秀，山河百二還如舊[7]。狐兔悲，草木秋，[8]秦宮隋苑徒遺臭，唐闕漢陵何處有[9]？山，空自愁；河，空自流。

注釋

1 春社：在立春後、清明前，相傳燕子這時從南方飛來。秋社：一般在立秋後第五個戊日，祭祀土地神的日子。相傳燕子在這個時候回南方去。

2 喃喃：擬聲詞，燕子的叫聲。劫劫：猶「汲汲」，匆忙急切的樣子。韓愈《貞曜先生墓誌銘》：「人皆劫劫，我獨有餘。」

3 王謝：東晉王導、謝安兩大家族，後多用來代指高門貴族。劉禹錫《烏衣巷》詩：「舊時王謝堂前燕，飛入尋常百姓家。」

4 烏衣巷：在金陵城內，是東晉時王、謝兩家豪門貴族聚居的地方。劉禹錫《烏衣巷》詩：「烏衣巷口夕陽斜。」

5 「興，多見些」二句：言多次看到豪門大族的沉浮興亡之事。

6 驪山：在今陝西臨潼縣東南。秦始皇陵在此。岫（粵：就；普：xiù）：山。

7 山河百二：比喻地勢非常險要。《史記・高祖本紀》：「秦，形勝之國，帶山河之險，縣隔千里，持戟百萬，秦得百二焉。」蘇林注云：「秦地險固，二萬人足當諸侯百萬人也。」

8「狐兔」兩句：意謂狐兔傷心，草木悲秋，均在為長安的荒涼而哀歎。

9 秦宮隋苑、唐闕漢陵：四朝均建都長安，如今都已成歷史陳跡，徒引人唏噓。

賞析與點評

這兩首曲子都是詠史之曲。前一首藉詠燕子而詠史，巧妙轉換劉禹錫的《烏衣巷》詩，將千古興亡寓於燕子的視角中，也是妙想。後一首詠長安。長安作為千古名都，如今也難敵滄桑，歷史功業也都煙散雲消，不能不讓人心生感慨。

【雙調．慶東原】泊羅陽驛[1]

砧聲住，蛩韻切[2]，靜寥寥門掩清秋夜。秋心鳳闕[3]，秋愁雁堞[4]，秋夢蝴蝶[5]。十載故鄉心，一夜郵亭月。[6]

注釋

1 羅陽驛：「驛」是古代傳遞官府文書或官員往來途中食宿、換馬的場所。羅陽：地名，不詳，可能是今浙江泰順。

2 蛩韻切：蟋蟀的叫聲悲切。蛩，蟋蟀。

3 秋心鳳闕：秋在古代主衰殺，這裏指自己的功名之心已衰退。鳳闕，指代朝廷。

4 秋愁雁堞（粵：碟；普：dié）：是說雁陣勾起鄉愁。堞，城上的矮牆；雁堞，即雁陣。

5 秋夢蝴蝶：借用莊周夢蝶的典故。

6 「十載故鄉」二句：意謂長年飄泊在外，思念家鄉；今夜驛站的月色下，思鄉之心尤切。郵亭，即驛站。

【越調・憑闌人】春日懷古

銅雀臺空鎖暮雲[1]，金谷園荒成路塵。[2]轉頭千載春，斷腸幾輩人。

注釋

1 銅雀臺：在今河北省的漳縣，據說為曹操所建。《三國志・魏武帝紀》：「建安十五年冬，作銅雀臺。」這句是說銅雀臺已經荒廢。

2「金谷園」句：金谷園也早已衰敗荒涼。

馬謙齋

馬謙齋，生平不詳。與張可久有交遊，張可久作有《天淨沙·馬謙齋園亭》一首。主要生活在元仁宗延佑年間。他曾在大都（今北京）等地為官，後隱居杭州。工散曲，《朝野新聲太平樂府》所收頗多。今存小令十七首。

【中呂·快活三過朝天子四邊靜】冬[1]

【快活三】李陵臺[2]，草盡枯。燕然山[3]，雪平鋪。朔風吹冷到天衢[4]，怒吼千林木。【朝天子】玉壺，畫圖，費盡江山句。蒼髯脫玉翠光浮，掩映樓臺暮。畫閣風流，朱門豪富，酒新香，開甕初[5]。氈簾款簌[6]，橙香緩舉，[7]半醉偎紅

玉。【四邊靜】相對紅爐，笑遣金釵剪畫燭[8]**。梅開寒玉**[9]**，清香時度。何須蹇驢，不必前村去。**[10]

注釋

1 馬謙齋《快活三過朝天子四邊靜》四首，分詠春、夏、秋、冬四季，今選其詠冬一首。

2 **李陵臺**：指李陵的墓。李陵，漢初名將李廣之後，善騎射，嘗率軍與匈奴激戰，因糧乏且救兵不至，後投降匈奴。

3 **燕然山**：即今內蒙古杭愛山。兩漢時期，中國與匈奴長期交戰，互有勝負，直至東漢時竇憲率兵一舉擊潰匈奴，並在燕然山勒石記功而返。

4 **天衢**：天街，這裏指代上都。

5 **甕**：酒甕。

6 **氈簾**：氈製的簾子。**款籟**：輕輕的吹奏籟。籟，古代的一種管樂器，三孔。

7 **「橙香」句**：化用周邦彥《少年游》詞意：「纖手破新橙。」這幾句都是寫曲家與歌伎往來，倚紅偎翠的快樂情形。

8 **金釵**：這裏指代侍妾。**剪畫燭**：語出李商隱《夜雨寄北》：「何當共剪西窗燭，共話巴山夜雨時。」後以剪燭代指促膝夜談。

9 寒玉：指代雪。

10「何須蹇驢」句：唐孟浩然、賈島、李賀等著名詩人，都有騎蹇驢、踏風雪的典故，故云。蹇驢，跛蹇駑弱的驢子。

賞析與點評

馬謙齋這首帶過曲由三首小令組成，描寫了其早年在上都的富貴生活，字裏行間充滿了閒適快意之趣。

【越調．柳營曲】歎世

手自搓，劍頻磨[1]，古來丈夫天下多。青鏡摩挲，白首蹉跎[2]，失志困衡窩[3]。有聲名誰識廉頗[4]，廣才學不用蕭何[5]。忙忙的逃海濱，急急的隱山阿[6]。今日個，平地起風波[7]。

注釋

1 劍頻磨：勤學苦練，屢屢不斷。比喻胸懷壯志，準備大幹一場。賈島《述劍》詩：「十年磨一劍，霜刃未曾試。今日把示君，誰有不平事？」

2「青鏡摩挲」二句：言對鏡自照，白髮欺人。青鏡，青銅鏡。摩挲，撫摩。蹉跎，虛度光陰。

3 衡窩：隱者居住的簡陋房屋。《詩經．陳風．衡門》：「衡門之下，可以棲遲。」衡窩即衡門。

4 廉頗：戰國時趙國的良將。據《史記．廉頗列傳》載，廉頗因遭受讒言逃至魏國，後趙王想重新起用他，派使者前往打探。廉頗食斗米，肉十斤，披甲上馬，以示可用。但使者還報王曰：「『廉將軍雖老，尚善飯，然與臣坐頃之，三遺矢矣。』趙王以為老，遂不召。」每每引得後人感歎。如辛棄疾《永遇樂．京口北固亭懷古》：「憑誰問，廉頗老矣，尚能飯否？」曲中此句也是如此。

5 蕭何：漢高祖的開國元勛，輔佐劉邦開創西漢基業，功勛卓著。

6 山阿：大的山谷。

7 風波：藉指兇險的仕途。辛棄疾《鷓鴣天．送人》：「江頭未是風波惡，人間別有行路難。」

賞析與點評

這首小令抒發仕途不暢、懷才不遇的感慨。曲家開篇用了一組很明顯的對比，由胸懷壯志到兩鬢斑白，可謂「有志不獲騁」，內心的鬱悶可想而知。結尾兩句點明志不獲騁的原因，正是這宦海風波險惡，形象概括了當時社會有抱負文人一生的遭遇，藝術性極高。

【雙調・水仙子】詠竹

貞姿不受雪霜侵，直節亭亭易見心[1]。渭川風雨清吟枕[2]，花開時有鳳尋[3]。文湖州是個知音[4]：春日臨風醉，秋宵對月吟，舞閒階碎影篩金[5]。

注釋

1「貞姿」和「直節」既是寫竹的外貌，也是寫竹的內在精神氣質。

2 渭川：渭河。古渭河以盛產竹子著稱。

3「花開」句：當竹子開花時就會引來鳳凰。按相傳鳳凰為百鳥之王，《莊子・秋水》：「（鳳凰）非梧桐不止，非練實（竹實）不食，非醴泉不飲。」

4 文湖州：宋代畫家文同，字與可，曾任湖州太守，擅長畫竹。與蘇軾交好，蘇軾有《文與可畫筼簹谷偃竹記》讚文與可畫竹時「胸有成竹」。

5 碎影篩金：指竹葉的影子稀稀疏疏漏過陽光。

賞析與點評

這首曲是詠竹的佳作。曲家抓住竹子兩大特性：顏色無改和亭亭直節，這也是竹的精神使然，象徵了那些飽經世俗磨難而氣節無改的人，某種程度上也是曲家自身的寫照。

【雙調・沉醉東風】

取富貴青蠅競血[1]，進功名白蟻爭穴[2]。虎狼叢甚日休[3]，是非海何時徹[4]？人我場慢爭優劣，[5]免使傍人做話說[6]，咫尺韶華去也[7]。

注釋

1 青蠅競血：如蒼蠅一般爭相吮血。

2 白蟻爭穴：李公佐《南柯太守傳》言槐安國與檀蘿國為了爭奪蟻穴，大動干戈，伏屍無數。白蟻爭穴和青蠅競血都比喻人世間的名利之爭。

3 虎狼叢：比喻貪婪殘暴的官場。

4 是非海：比喻人世間種種是非糾紛。徹：完，盡。

5「人我場」句：指人與人之間相互排擠、算計的人世。慢，同「謾」，徒勞。

6 傍人：即旁人。

7 咫尺韶華：猶言光陰短暫。咫，長度名，周制八寸。韶華，指美好的時光。

賞析與點評

這首曲子極力鞭笞了官場的種種醜態惡習，表達了曲家的反思與警醒。曲家本身有仕宦經歷，早年還頗為得志，後來恐是看破官場是非，急流勇退。這首曲子正是曲家晚年思考的結晶。這一反思與警醒也足以為來者戒。

張可久

張可久（約一二七〇——一三五〇），字小山（一說名伯遠，字可久，號小山），慶元（今浙江寧波鄞縣）人。一生仕途不暢，沉淪下僚，一直擔任路吏、銅廬典史等小吏，後從路吏轉首領官，元至正初七十餘歲時，尚為昆山幕僚。平生好遨遊，足跡遍佈江浙、湖南各地，晚年隱居杭州。長於散曲創作，與喬吉並稱「雙璧」，與張養浩並稱「二張」，與盧摯、貫雲石等人唱和頗多。在元代時即有《今樂府》、《無鹽》、《蘇堤漁唱》、《小山北曲聯樂府》四部散曲集。今存小令八百五十五首，套數九篇，為元人中存散曲最多者。明朱權《太和正音譜》稱他為「詞林之宗匠」。

【雙調・折桂令】湖上即事疊韻[1]

錦江頭一掬清愁[2]，回首盟鷗[3]。楊柳汀洲，俊友吳鈎[4]。晴秋楚岫[5]，退叟齊丘。賦遠遊黃州竹樓[6]，泛中流翠袖蘭舟[7]。檀口歌謳[8]，玉手藏鬮[9]，詩酒觥籌[10]，邂逅綢繆[11]，醉後相留。

注釋

1 疊韻為元曲巧體之一，是指一句之中重疊用韻（如本曲首句中的頭、愁，次句中的首、鷗），可重疊兩次或三次。

2 掬：用兩手捧（東西）。

3 盟鷗：「鷗盟」的倒裝。指與鷗鳥為友，常比喻歸隱。

4 吳鈎：春秋時流行的一種彎刀。後世多用來指代豪情壯志。

5 岫：小山。

6 遠遊：屈原賦名，由於對污濁的朝廷不滿，詩人被迫遠遊，作此賦。黃州竹樓：北宋王禹偁忠貞剛直，被貶黃州，寫下《黃州新建小竹樓記》，描寫了謫居之樂。

7 翠袖：指代美女。此句有暗用屈原《湘君》詩意。

8 檀口：紅豔的嘴唇，代指歌女。

9 鬮：有暗號的紙團或紙片兒。
10 觥：盛酒用的器皿。籌：古代投壺所用的矢。
11 邂逅綢繆：是說偶然相識即彼此有情，相處歡洽。

賞析與點評

這首曲子曲題點明乃是即事而作，曲家在曲中記錄了一次湖上偶遇，偶遇之後彼此相談甚歡、情志相投的情形。值得注意的是，曲家數次運用與歸隱相關的典故，也表達了曲家仕途不暢、壯志消退的情懷，那麼這次湖上偶遇的大醉同樂也就有了藉樂澆愁的意味。

【中呂·朝天子】山中雜書

醉餘，草書，李願盤谷序[1]。青山一片范寬圖[2]，怪我來何暮。鶴骨清臒[3]，蝸殼籧廬[4]，得安閒心自足。蹇驢[5]，和酒壺，風雪梅花路。

春思

見他，問咱[6]，怎忘了當初話。東風殘夢小窗紗，月冷鞦韆架。自把琵琶，燈前彈罷。春深不到家。五花[7]，駿馬，何處垂楊下[8]。

注釋

1 李願盤谷序：韓愈作《送李願歸盤谷序》，言盤谷「泉甘而土肥」，是「隱者之所盤旋」的地方。此處用以指代自己欣賞的隱居生活。

2 范寬：字中立，北宋著名的山水畫家，代表作為《溪山行旅圖》。陸游《初冬雜題》詩：「身在范寬圖畫裏，小樓西角剩憑欄。」

3 鶴骨清臞（粵：瞿；普：qú）：指自己如鶴骨嶙峋般清瘦。清臞，清瘦。

4 蝸殼：比喻如蝸牛殼狹小的圓形屋子。三國時焦先作圓舍，形如蝸牛殼，稱為蝸牛廬。籧（粵：渠；普：qú）廬：客舍。《莊子・天運》：「仁義，先王之籧廬也，止可以一宿，而不可以久處。」類似現今所謂的旅店。這裏是代指自己房屋簡陋。

5 蹇驢：用唐孟浩然、賈島、李賀等著名詩人騎蹇驢、踏風雪的典故。

6 咱：元代口語中的助詞，相當於現代漢語中的「着」。

7 五花：唐人把馬鬃剪成三簇的叫三花，剪成五簇的叫五花。李白《將進酒》：「五花馬，千金裘，呼兒將出換美酒，與爾同消萬古愁。」

8 何處垂楊下：古人習慣將馬繫於垂楊之下，如李白《廣陵贈別》：「繫馬垂楊下，銜杯大道間。」多代指遠遊，此處指思婦不知遊子停留何方。

賞析與點評

張可久的《山中雜書》共三首，此處為第三首，曲子歌詠隱居之樂，陶寫自己安處鄉野的閒適，這種風味也是小山樂府中最為常見的。《春思》乃一首閨怨題材的曲子，曲詞明白如話，描寫了思婦對遊子的思念，與傳統詩詞中的遊子思婦題材相比較，更顯通透些。

【雙調·慶東原】次馬致遠先輩韻九篇[1]

門長閉，客任敲，山童不喚陳摶覺[2]。袖中六韜[3]，鬢邊二毛[4]，家裏簞瓢[5]。他得志笑閒人，他失腳閒人笑。

又

難開眼，懶折腰[6]，白雲不應蒲輪召。[7]解組漢朝[8]，尋詩灞橋[9]，策杖臨皋[10]。他得志笑閒人，他失腳閒人笑。

注釋

1 馬致遠：元曲四大家之一，其介紹參見前。張可久《雙調・慶東原》次馬致遠韻共九首，今選其中之二。

2 陳摶：北宋初著名的道士，以好睡聞名。馬致遠作有雜劇《陳摶高卧》。

3 六韜：古代兵書，相傳為呂尚（姜子牙）所作。

4 鬢邊二毛：兩鬢的花白頭髮。《左傳・僖公二十二年》：「君子不重傷，不禽二毛。」杜預注：「二毛，頭白有二色。」

5 家裏簞瓢：比喻清貧的生活。《論語・雍也》：「（顏回）一簞食，一瓢飲，在陋巷，人不堪其憂，回也不改其樂。」

6 折腰：指卑躬屈節。李白《夢遊天姥吟留別》：「安能摧眉折腰事權貴，使我不得開心顏。」

7 「白雲」句：不接受隆重的徵召。蒲輪，用蒲草裹着車輪，以免顛簸。《漢書・武帝紀》：「遣使者安車蒲輪，束帛加璧，徵魯申公（經學專家）。」

8 解組：解下印綬，代指辭去官職。組，印綬。漢朝：不敢明指當代，乃以「漢」代指。

9 灞橋：位於今西安城東。唐時長安人們送別親友多在此，折柳贈詩，極具文化氛圍。

10 臨皋：在湖北黃岡縣南江邊，蘇軾曾寓居於此。蘇軾有《臨江仙・夜歸臨皋》詞，詞中云：「倚杖聽江聲」，「小舟從此逝，江海寄餘生。」曲家藉此展現自己厭惡俗世、渴望超脫的情懷。

賞析與點評

這兩首曲子都吟詠隱居之趣，表現了曲家安貧樂道、笑看功名的高潔情懷。張可久的九首《慶東原》都以「他得志笑閒人，他失腳閒人笑」結尾，諷喻了那些眼光短淺的世俗庸人。

【中呂・賣花聲】懷古

阿房舞殿翻羅袖[1]，金谷名園起玉樓[2]，隋堤古柳纜龍舟[3]。不堪回首，東風還又[4]，野花開暮春時候。

又

美人自刎烏江岸[5]，戰火曾燒赤壁山[6]。將軍空老玉門關[7]。傷心秦漢，生民塗炭[9]，讀書人一聲長歎。

注釋

1 阿房：舊讀（粵：柯龐；普：ē páng），即著名的阿房宮，秦始皇修建，富麗堂皇，窮極侈麗，實際上沒有完工。後來被項羽焚燬。羅袖：代指美女。這句是說，當年秦始皇曾在華麗的阿房宮裏觀賞歌舞，盡情享樂。

2 金谷名園：在今河南洛陽市西，是晉代豪富石崇的別墅，其中的建築和陳設也異常奢侈豪華。

3 隋堤古柳：隋煬帝開通濟渠，沿河築堤種柳，稱為「隋堤」，即今江蘇以北的運河堤。纜龍舟：指隋煬帝沿運河南巡江都（今江蘇揚州）事。

4 **東風還又**：又吹起了東風。

5 **美人句**：秦末楚漢相爭，最終項羽被劉邦困於垓下（今安徽靈璧縣東南），夜聞四面楚歌，自知大勢已去，乃高歌《垓下歌》與美人虞姬訣別，然後乘夜突出重圍。在烏江（今安徽和縣東）又被漢軍追上，於是自刎而死。此處此典乃是合項羽與虞姬為一。

6 **「戰火」句**：指東漢末年的赤壁之戰。赤壁在今湖北嘉魚縣境。漢獻帝建安十三年（公元二〇八年），孫、劉聯軍曾以火攻擊敗曹操數十萬大軍。

7 **「將軍」句**：東漢班超因久在邊塞鎮守，以己年老而思鄉求歸，乃上疏云：「臣不敢望到酒泉郡，但願生入玉門關。」

8 **秦漢**：泛指前朝各代。**生民**：人民。**塗炭**：比喻遭受災難。塗，泥塗；炭，炭火。

賞析與點評

這兩首《賣花聲》都是詠史懷古之曲。第一首諷喻了歷史上那些窮奢極欲不免敗亡的人物，結以野花暮春對比，無限感慨，風味近乎詞。第二首列舉了歷史上著名的英雄事跡，筆鋒一轉，指出這些歷史英雄人物風光的背後都是人們的苦難，結以長歎。曲語直白通透，與張養浩的《潼關懷古》有異曲同工之妙。

【黃鐘・人月圓】春日次韻[1]

羅衣還怯東風瘦，不似少年遊。匆匆塵世，看看鏡裏，白了人頭。片時春夢，十年往事，[2]一點詩愁。海棠開後，梨花暮雨，燕子空樓。[3]

注釋

1 羅衣：輕便的絲質衣服。這裏指穿羅衣的人。

2 「片時春夢」兩句：杜牧《遣懷》詩云：「落魄江湖載酒行，楚腰纖細掌中輕。十年一覺揚州夢，贏得青樓薄幸名。」此借用其意。

3 「燕子」句：唐張建封曾納盼盼於燕子樓，後張建封死，盼盼空守不另嫁。蘇軾《永遇樂》：「燕子樓空，佳人何在，空鎖樓中燕。」此處用其意。

【中呂・朝天子】和貫酸齋[1]

小詩，半紙，幾個相思字，兩行清淚破胭脂。[2]鏡裏人獨自。燕子鶯兒，蜂媒蝶使，正春光明媚時。柳枝，翠絲，縈繫煞心間事[3]。

席上有贈

教坊[4]，色長[5]，曾侍宴丹墀上[6]，可憐新燕妒新妝。高髻堆宮樣[7]。芍藥多情，海棠無香。[8]花不如窈窕娘。錦囊[9]，樂章[10]，分付向樽前唱。

注釋

1 張可久在杭州時，與貫雲石、盧摯等人交好，故與貫雲石等唱和頗多，此即其中之一。

2「兩行」句：指眼淚流下來沖花了胭脂。

3 煞：甚，非常。

4 教坊：古代國家和地方專管音樂、歌舞類的機構。

5 色長：教坊中各類藝人的頭目。

6 丹墀（粵：池；普：chí）：古代宮殿前的臺階都以紅色塗飾，故名。又稱丹陛。岑參《寄左省杜拾遺》詩：「聯步趨丹陛，分曹限紫微。」

7 宮樣：宮廷中流行的式樣。

8 此處化用秦觀《春日》詩：「一夕輕雷落萬絲，霽光浮瓦碧參差。有情芍藥含春淚，無力薔薇卧曉枝。」

9 錦囊：用錦做成的袋子，古代多用來裝詩稿或信件。

10 樂章：指詞章、曲子。

賞析與點評

第一首曲子乃是張可久與貫雲石唱和之曲，屬相思題材。曲家代女子立言，極寫相思情形，頗為傳神。

【中呂・滿庭芳】山中雜興

人生可憐，流光一瞬[1]，華表千年[2]。江山好處追遊遍，古意翛然[3]。琵琶恨青衫樂天，[4]洞簫寒赤壁坡仙。[5]村酒好溪魚賤，芙蓉岸邊。醉上釣魚船。

又

風波幾場[6]，急疏利鎖，頓解名韁[7]。故園老樹應無恙，夢繞滄浪[8]。伴赤松

歸歟子房，[9] 賦寒梅瘦卻何郎。[10] 溪橋上，東風暗香，浮動月昏黃。[11]

注釋

1 流光一瞬：指光陰如流水般轉瞬逝去。

2 華表千年：據《搜神後記》載，傳說丁令威在靈虛山學道成仙後，化鶴歸來，棲於城門華表柱上。有少年欲射之，鶴乃飛鳴作人言：「有鳥有鳥丁令威，去家千年今始歸。城郭如故人民非，何不學仙塚累累。」華表，古代豎立在宮殿、城垣或陵墓前的石柱。

3 翛（粵：消；普：xiāo）然：無拘無束、自由自在的樣子。

4 「琵琶恨」句：白居易，字樂天，作有長詩《琵琶行》：「座中泣下誰最多，江州司馬青衫濕。」青衫，文官八品、九品衣服的顏色，後多代指失意的文人。

5 「洞簫寒」句：蘇軾，號東坡，人們呼為坡仙。他被貶黃州後，曾與客泛舟遊於赤壁之下，並寫下《前赤壁賦》、《後赤壁賦》。其《前赤壁賦》有：「客有吹洞簫者，倚歌而和之。其聲嗚嗚然，如怨如慕，如泣如訴；餘音嫋嫋，不絕如縷。」此用其事。

6 風波：指人世間的是非沉浮。

7 利鎖、名韁：指名利如同枷鎖、韁繩一般束縛住人。

8 滄浪：這裏指避世隱居的想法。《楚辭．漁父》：「漁父莞爾而笑，鼓枻而去，歌曰：『滄浪之水清兮，可以濯吾纓；滄浪之水濁兮，可以濯吾足。』」王逸《楚辭章句》：「漁父避世隱身，釣魚江濱，欣然自樂。」

9 「伴赤松」句：赤松，指赤松子，傳說中的仙人。《史記．留侯世家》：「（張良）願棄人間事，欲從赤松子遊耳。」子房，即張良。

10 「賦寒梅」句：何郎，指何遜，南朝梁著名的文學家。何遜為揚州法曹時，舍下有一株早梅，何遜吟詠其下。後居洛陽，思念梅花，復至揚州，對花徬徨有日。杜甫有詩云：「東閣官梅動詩興，還如何遜在揚州。」瘦卻，因日夕吟詠而消瘦。

11 「東風暗香」二句：林逋《山園小梅》詩有「疏影橫斜水清淺，暗香浮動月黃昏」，此借用林詩詩意。

賞析與點評

張可久此曲吟詠隱居思歸之情。開篇曲家即指出早已看透人世間種種惡況，希望能掙脫名利的枷鎖，接着連用屈原、張良、何遜之典，點明自己念家思歸、渴求隱居超脫的情懷。曲語典雅、蘊藉，詞化特徵明顯。

【中呂・齊天樂帶紅衫兒】道情[1]

【齊天樂】人生底事辛苦[2]，枉被儒冠誤[3]。讀書，圖，駟馬高車[4]，但沾着者也之乎[5]。區區[6]，牢落江湖[7]，奔走在仕途。半紙虛名，十載功夫[8]。人傳梁甫吟[9]，自獻長門賦[10]，誰三顧茅廬。【紅衫兒】白鷺洲邊住，黃鶴磯頭去[11]，喚奚奴[12]，鱠鱸魚，何必謀諸婦。[13]酒葫蘆，醉模糊，也有安排我處。

注釋

1 道情：中國傳統曲藝，本是唐宋以來道士宣揚道家思想或是演繹道家故事的曲藝表演，後來多以民間故事為題材。

2 底事：何事。

3 儒冠：古時讀書人戴的帽子。杜甫《奉贈韋左丞二十二韻》詩有：「紈袴不餓死，儒冠多誤身。」

4 駟馬高車：古代顯貴者所駕四匹馬的高車，以示地位顯赫。駟，一車四馬。司馬相如未成名時，從四川去長安，過成都昇仙橋，題字：「不乘高車駟馬不過此橋。」事見《成都紀》。

5 者也之乎：古漢語中的虛詞，這是嘲諷舊知識分子的咬文嚼字。

6 區區：微小。

7 牢落：沒有寄託，四處奔走的樣子。陸機《文賦》：「心牢落而無偶。」

8 十載功夫：指多年寒窗苦讀。元劉祈《歸潛志》云：「十載寒窗無人問，一舉成名天下知。」

9 梁甫吟：一作「梁父」，樂府楚調曲名，音調淒涼，古辭今已不傳。今《樂府詩集》中收有一首傳為諸葛亮所作、詠齊相晏嬰以二桃殺三士事。《三國志．諸葛亮傳》：「亮躬耕壟畝，好為梁父吟。」

10 長門賦：司馬相如《長門賦序》：「孝武皇帝陳皇后，時得幸，頗妒，別在長門宮，愁悶悲衷。聞蜀郡成都司馬相如天下工為文，奉黃金百斤，為相如、文君取酒，因於解悲愁之辭，而相如為文以悟主上，陳皇后復得親幸。」史傳無此記載，此序雖見於《昭明文選》，學界多疑為後人偽託。

11 白鷺洲、黃鶴磯：白鷺洲在南京市水西門外，黃鶴磯在武漢蛇山。這裏代指漫遊各地名勝。

12 奚奴：奴僕。奚，魏晉時期西南少數民族的名稱，為中原人對異族的蔑稱。

13 「鱠（粵：膾；普：kuài）鱸魚」二句：把鱸魚細切烹調。鱠，同「膾」。這裏化用了蘇軾《後赤壁賦》：「客曰：『今者薄暮，舉網得魚，巨口細鱗，狀似松江之鱸。顧安所得酒乎？』歸而謀諸婦。婦曰：『我有斗酒，藏之久矣，以待子不時之需。』」

賞析與點評

這首帶過曲由兩首小令組成，前一首中張可久主要抒發了讀書人的牢騷和懷才不遇的憤慨。古代讀書人十載寒窗，苦讀詩書，只得到這一紙虛名，有才不得用，有志不獲騁，也隱喻了曲家自身的感慨。後一首則結題「道情」，為這群鬱悶的讀書人指明出路，乃是看破紅塵，逍遙江湖。這也有懷才不遇的感慨在內，可謂無奈如此。

【越調・寨兒令】次韻[1]

你見麼，我愁他，青門幾年不種瓜[2]。世味嚼蠟，塵事摶沙，聚散樹頭鴉。[3]自休官清煞陶家[4]，為調羹俗了梅花。[5]飲一杯金谷酒[6]，分七碗玉川茶[7]。嗏，不強如坐三日縣官衙。

注釋

1 張可久所作《寨兒令》凡二十首，此選其一。

2 青門種瓜：《史記・蕭相國世家》：「召平者，故秦東陵侯。秦破為布衣，貧，種瓜於長安城東，瓜美，俗謂之『東陵瓜』。」

3 嚼蠟：比喻無味。摶沙：捏沙成團。此三句是說人生無味，人事不可捉摸，聚散無常。

4 清煞陶家：指陶淵明辭官歸家後，「樂琴書以消憂」，清閒極了。

5 「為調羹」句：梅子味酸，古人常用為調味品。《尚書・說命》：「若作和羹，爾惟鹽梅。」後常用鹽梅喻宰相或位高權重之人。這裏是說梅花本是清雅之物，如作調羹之用，就顯得俗了。此句表明願保持隱士的清高品格，不願做官。

6 金谷酒：晉石崇在洛陽附近造金谷園別墅，常在園中宴飲，即席賦詩，賦詩不成者，罰酒三杯。

7 七碗玉川茶：唐代詩人盧仝，號玉川子，喜飲茶。其《走筆謝孟諫議寄新茶》詩云：「一碗喉吻潤，兩碗破孤悶，三碗搜枯腸，惟有文字五千卷。四碗發輕汗，平生不平事，盡向毛孔散。五碗肌骨清，六碗通仙靈。七碗吃不得也，惟覺兩腋習習清風生。蓬萊山在何處，玉川子乘此清風。」

賞析與點評

這首曲也是歌詠隱逸，抒發人生感慨。要保持自身的高貴人格，就不要在仕途上奔波勞碌，君不見連貴為秦侯的召平尚且如此，你一個小小的縣令還有甚麼好說的！這種感慨是小山樂府中較多見的。

任昱

任昱（粵：郁；普：yù），生卒年不詳。字則明，四明（今浙江寧波市）人。約與張可久、曹名善等同時。年輕時喜狎遊，流連青樓樂館，所作散曲在歌伎中傳唱很廣。早年曾往來遊歷蘇、杭間，晚年銳志讀書，擅長五言詩，曾與楊維楨等唱和。現存小令五十九首，套數一篇。

【正宮・小梁州】湖上分韻得玉字[1]

波涵玉鏡浸清暉[2]，鳴玉船移，玉簫吹過玉橋西。玉泉內，玉樹錦雲迷。

【幺】[3]玉樓簾幕香風細，玉闌干楊柳依依。飛玉觴[4]，留玉佩[5]，玉人沉醉。花外玉驄嘶[6]。

注釋

1 本曲運用嵌字體，為元曲巧體之一，曲中每句嵌一「玉」字。

2 清暉：山水的代稱。

3 幺：北曲後一曲與前調相同，則稱《幺》或《幺篇》。幺，即又。詞大多兩片，而南北曲一般單片，所以任昱兩支《小梁州》連用，且內容密切關聯，已然近乎詞。

4 玉觴：玉杯，泛指酒杯。

5 留玉佩：據劉向《列女傳》載，周人鄭交甫遊漢江遇二女，不知其神人也，見而悅之，二女解下玉佩給他，後來二女及玉佩皆不見。

6 玉驄：玉花驄，泛指駿馬。

【中呂·上小樓】隱居

荊棘滿途[1]，蓬萊閒住[2]。諸葛茅廬[3]，陶令松菊[4]，張翰蒓鱸[5]。不順俗，不妄圖[6]，清風高度。任年年落花飛絮。

注釋

1 荊棘滿途：比喻仕途險惡。這與歷代詩人吟詠的「行路難」為同一表達方式。白居易《傷唐衢詩》：「天高未及聞，荊棘生滿地。」

2 蓬萊：傳說中為神仙所居之地，此用來比喻自己的隱居之地。一說為紹興龍山下的蓬萊閣，當地名勝。任昱乃附近人，隱居於此很有可能。

3 諸葛茅廬：諸葛亮年輕時隱居南陽，住茅屋，親自耕種。

4 陶令松菊：陶淵明喜種松菊，其《歸去來兮辭》有：「三徑就荒，松菊猶存。」

5 張翰蒓鱸：據《晉書・張翰傳》載，吳郡張翰在洛陽為官，見秋風起，乃思吳中菰菜、蒓羹、鱸魚膾，曰：「人生貴適意，何能羈宦數千里以要名爵乎！」遂命駕而歸。

6 妄圖：妄想。

賞析與點評

這首曲子寫曲家的隱居之情，開篇點明曲家之隱居乃是情勢使然，仕途險惡、世道艱難，其後連用三個典故構成鼎足對，既寫歷史上隱居之著名人物，也有藉此自比之意。結句出以「落花飛絮」之意象，休閒而淡雅，亦是整首曲之格調。

【南呂・金字經】重到湖上

碧水寺邊寺[1]，綠楊樓外樓[2]，閒看青山雲去留。鷗，飄飄隨釣舟。今非舊，對花一醉休[3]。

注釋

1 寺邊寺：杜牧《江南春絕句》：「南朝四百八十寺，多少樓臺煙雨中。」

2 樓外樓：南宋林昇《題臨安邸》詩有「山外青山樓外樓，西湖歌舞幾時休」。林詩隱含諷喻之旨，本曲並無此意。

3 花：花朵；也可能指美人。休：罷了。

賞析與點評

此曲藉寫西湖盛景，抒發物是人非的感慨。

【雙調・沉醉東風】信筆[1]

有待江山信美[2]，無情歲月相催。東里來[3]，西鄰醉，聽漁樵講些興廢[4]。依舊中原一布衣[5]，更休想麒麟畫裏[6]。

注釋

1 信筆：隨手所寫。
2 信美：的確很美。
3 東里：東邊的鄰里，與下句的「西鄰」為對，「鄰」、「里」互文。
4 興廢：指朝代更替。
5 布衣：平民。後來多指沒有做官的讀書人。
6 麒麟畫：漢宣帝時曾將功臣霍光、張安世等十一人的圖像供於麒麟閣上。後世即以「麒麟畫」代指建功立業，留名青史。杜甫《投贈哥舒開府翰》：「今代麒麟閣，誰人第一功？」

賞析與點評

此曲為隨手所作，描寫了鄉村幽居生活，抒發了年華老去而功業無成的煩悶。

徐再思

徐再思，生卒年不詳。字德可，號「甜齋」，嘉興（今浙江嘉興）人。曾任嘉興路吏。約與貫雲石、張可久同時。貫雲石號酸齋，後人合輯貫徐二人的作品，稱為《酸甜樂府》。現存散曲有小令一百零三首，內容多是寫江南風物和閨情。近人任訥《酸甜樂府序》云：「甜齋之作，雖以清麗為質，而實無背於曲之所以為曲。」

【雙調・沉醉東風】春情

一自多才間闊[1]，幾時盼得成合[2]。今日個猛見他，門前過，待喚着怕人瞧科[3]。我這裏高唱當時水調歌[4]，要識得聲音是我。

注釋

1 多才：多才郎君。間闊：久別。
2 成合：結合。
3 瞧科：察覺、瞧見。
4 水調歌：指《水調歌頭》曲。

賞析與點評

徐再思以「春情」為題的曲較多，這一首重在心理描寫，將女子偶遇心上人的激動、忐忑和期盼展現得頗為動人，曲詞保留大量的口語，通俗通透，正是當行本色。

【雙調・蟾宮曲】春情

平生不會相思，才會相思，便害相思。身似浮雲，心如飛絮，氣若遊絲[1]。空一縷餘香在此，盼千金遊子何之[2]。症候來時[3]，正是何時？燈半昏時，月半明時。

注釋

1 遊絲：空中漂浮的蛛絲。這裏比喻氣息十分微弱。

2 何之：到哪裏去。之，往。

3 症候：疾病，這裏指相思的痛苦。

賞析與點評

這一首《春情》也是寫男女相思，曲子在表現年輕女子的相思之情上入木三分，讀來纏綿動人，極盡相思情狀，故人稱「得相思三味」。

【仙呂·一半兒】病酒[1]

昨宵中酒懶扶頭[2]，今日看花惟袖手[3]，害酒愁花人問羞。病根由，一半兒因花一半兒酒。

落花

河陽香散喚提壺，[4] 金谷魂消啼鷓鴣，[5] 隋苑春歸聞杜宇[6]。片紅無，一半兒狂風一半兒雨。

春情

眉傳雨恨母先疑[7]，眼送雲情人早知，口散風聲誰喚起。這別離，一半兒因咱一半兒你。

注釋

1 病酒：飲酒沉醉。

2 中酒：醉酒。扶頭：指扶頭酒。酒醉醒後又飲少量淡酒用以解醒。李清照《念奴嬌》：「險韻詩成，扶頭酒醒，別是閒滋味。」

3 花：喻美人。袖手：藏手於袖，指不能或不想參與其事。

4 「河陽」句：晉潘岳曾任河陽縣令，在縣境內遍種桃李，時人稱為「花縣」。庾信《春賦》：「河陽一縣並是花。」提壺，鳥名，即「鵜鶘」，又名「提壺蘆」、「提葫蘆」。歐陽修《啼鳥》：「獨有花上提壺蘆，勸我沽酒花前醉。」

5「金谷」句：《晉書．石崇傳》載，石崇有妓名綠珠，美而豔，孫秀使人求之，拒不許。秀乃矯詔收崇，綠珠亦自投樓而死。唐代著名詩人杜牧在《金谷園》詩中感歎道：「繁華事散逐香塵，流水無情草自春。日暮東風怨啼鳥，落花猶似墜樓人！」曲中化用此詩。

6 隋苑：故址在今江蘇揚州市西北，係隋煬帝所建。這三句構成鼎足對。

7 傳：塗，密佈。雨恨：同後一句的「雲情」互文，指情感。

賞析與點評

《一半兒》曲特徵是尾句疊用兩句「一半兒」，這組曲第一、三兩首亦是寫男女之情。第一首寫男子的心理活動，見到意中人「情羞」而袖手；第三首從女子視角出發，一組鼎足對將兩人似隱祕而實際早為人知的情感狀態寫得活靈活現。

【雙調・水仙子】夜雨

一聲梧葉一聲秋，[1]一點芭蕉一點愁，[2]三更歸夢三更後。落燈花，棋未收[3]，歎新豐孤館人留[4]。枕上十年事[5]，江南二老憂[6]，都到心頭。

注釋

1「一聲」句：化用溫庭筠《更漏子》：「梧桐樹，三更雨，不道離情正苦。一葉葉，一聲聲，空階滴到明。」

2「一點芭蕉」句：芭蕉夜雨乃古典文學的經典意象，因芭蕉葉大，雨聲清脆，而一夜聽雨正是愁之深處。如杜牧《芭蕉》詩：「芭蕉為雨移，故向窗前種。憐渠點滴聲，留得歸鄉夢。夢遠莫歸鄉，覺來一翻動。」

3 落燈花，棋未收：趙師秀《有約》詩：「有約不來過夜半，閒敲棋子落燈花。」

4 新豐：故址在今陝西省臨潼縣北。據《史記・高祖本紀》，漢劉邦定都關中，因其父太公思歸故鄉，乃仿豐地街道築城，徙諸故舊於此，使太公居之，乃大悦，且更地名曰新豐。唐代人馬周未發跡時，曾寄宿新豐，遭到店主冷遇。這裏暗用其事。

5 枕上十年事：此處化用黃庭堅《虞美人》（宜州見梅作）：「平生個裏願深懷，去國十年老盡少年心。」十年乃虛數，泛指平生遭際。

6 江南：因作者家在江南，故云。二老：雙親。

賞析與點評

這首曲寫羈旅之愁，曲家極有新意的組織一連串數字入曲，將愁鋪墊得十分濃郁。又自羈旅之愁中深化到人生遭際之憂，情感自然流暢而真摯動人，明王世貞在《藝苑卮言》中稱讚為「情中緊語」。

【雙調・賣花聲】

雪兒嬌小歌金縷[1]，老子婆娑倒玉壺，[2]滿身花影倩人扶。[3]昨宵不記，雕鞍歸去，問今朝酒醒何處。[4]

又

雲深不見南來羽[5]，水遠難尋北去魚[6]，兩年不寄半行書。危樓目斷[7]，雲山無數，望天涯故人何處。[8]

注釋

1 雪兒：唐代有名的藝伎，後成為李密的愛姬。金縷：曲名，即《金縷曲》。

2 老子：指代自己。玉壺：指酒壺。此句化用辛棄疾《沁園春・弄溪賦》：「徘徊久，問人間誰似，老子婆娑。」和《感皇恩・壽范倅》：「一醉何妨玉壺倒。」

3「滿身」句：陸龜蒙《和襲美春夕酒醒》：「覺後不知明月上，滿身花影倩人扶。」此用其句意。

4「問今朝」句：化用柳永《雨霖鈴》：「今宵酒醒何處？楊柳岸曉風殘月。」

5 南來羽：南來雁。此句同下句「北去魚」互文，合為「魚雁傳書」，代指送信的使者。

6 北去魚：漢樂府《飲馬長城窟行》：「客從遠方來，遺我雙鯉魚。呼兒烹鯉魚，中有尺素書。長跪讀素書，書中竟何如。」後因以書信或書人為「魚書」或「魚雁」。

7 危樓：高樓。目斷：目力所及。

8 此句化用晏殊《蝶戀花》：「昨夜西風凋碧樹，獨上高樓，望盡天涯路。」

賞析與點評

這兩首曲一寫歡會，一寫別離，曲語典雅，化用詩詞頗多，題材和意境都非常接近於詞，也可見元中葉後，曲的詞化特徵已然非常明顯。

【黃鐘・人月圓】甘露懷古[1]

江皋樓觀前朝寺[2]，秋色入秦淮[3]。敗垣芳草，空廊落葉，深砌蒼苔[4]。遠人南去，夕陽西下，江水東來。木蘭花在，山僧試問[5]：知為誰開？

注釋

1 甘露：指甘露寺，在今江蘇鎮江市北固山北峰，相傳為三國孫吳時所建。

2 江皋：水邊的高地。觀（粵：灌；普：guàn）：寺廟建築。

3 秦淮：即秦淮河，經南京流入長江。這裏代指江南地區。

4 深砌蒼苔：高高的臺階下長滿青苔。

5 山僧試問：「試問山僧」的倒裝。

【雙調·清江引】

相思有如少債的，每日相催逼。常挑着一擔愁，准不了三分利，這本錢見他時才算得。

賞析與點評

這首《清江引》也是一首相思曲，曲家將相思比喻成欠債討債，構思精巧，用語通俗流麗，讀來頗具諧趣。

宋方壺

宋方壺，名子正，華亭（今上海松江）人。生平不詳。約生活於元末明初。嘗於華亭鶯湖築房數間，晝夜長明，如洞天狀，名之曰方壺，因以為號。方壺日坐其中，吟詠自適。工散曲，入明之後還有創作，現存小令十三首，套數五篇。

【中呂·山坡羊】道情

青山相待，白雲相愛，夢不到紫羅袍共黃金帶[1]。一茅齋，野花開。管甚誰家興廢誰成敗，陋巷簞瓢亦樂哉[2]。貧，氣不改；達，志不改。[3]

注釋

1 紫羅袍：古代高級官員的服裝，這裏指代高官厚祿。

2 陋巷簞瓢：指代質樸簡單的生活。《論語・雍也》稱讚顏回道：「一簞食，一瓢飲，在陋巷，人不堪其憂，回也不改其樂。」這裏曲家以顏回自比。

3 「貧，氣不改」二句：《論語・學而》：「貧而無諂，富而無驕。」《孟子・滕文公下》：「富貴不能淫，貧賤不能移，威武不能屈，此之謂大丈夫。」曲語濃縮二句之義。

賞析與點評

這首曲是宋方壺自吐心聲。何之謂大丈夫？孟子的説法顯然給中國正直的士子影響非常大，宋方壺身處元末，亂世而居窮，用這首曲表達了自己追隨孟子，安貧樂道、獨守氣節的志趣。此曲影響較廣，金庸在《射鵰英雄傳》中「穿越時代」藉黃蓉的口吟唱了此曲。

【雙調・水仙子】居庸關中秋對月

一天蟾影映婆娑[1]，萬古誰將此鏡磨[2]。年年到今宵不缺些兒個[3]，廣寒宮好快活[4]，碧天遙難問姮娥。[5]我獨對清光坐，閒將《白雪歌》[6]，月兒你團圓我卻如何。

注釋

1 蟾影：月影。相傳月中有蟾蜍，故以「蟾」為「月」的代稱。

2 此鏡：指月亮。因月形圓而明亮，故比為鏡。

3 些兒個：元人口語，一點兒。

4 廣寒宮：《龍城錄・明皇夢遊廣寒宮》載，傳說唐明皇遊月中，見一大宮殿，曰「廣寒清虛之府」。後人因稱月宮為「廣寒宮」。

5「碧天遙」句：姮娥，即嫦娥，相傳因偷食西王母仙藥後奔月。

6《白雪歌》：相傳為古代楚國比較高雅的樂曲。宋玉《對楚王問》有云：「客有歌於郢中者，其始曰《下里》、《巴人》，國中屬而和者數千人……其為《陽春》、《白雪》，國中屬而和者不過數十人。」

【中呂・紅繡鞋】閱世

短命的偏逢薄倖[1]，老成的偏遇真成[2]，無情的休想遇多情。懵懂的憐瞌睡[3]，鶻伶的惜惺惺[4]，若要輕別人還自輕。

注釋

1 短命的：指缺德的人。薄倖：無情（人），負心（人）。

2 老成：成熟穩重，社會經驗多。真成：真摯老實。

3 懵懂：癡呆，不曉事，指糊裏糊塗的人。瞌睡：糊塗，混日子。憐：憐愛，喜歡。

4 鶻（粵：骨；普：gǔ）伶：精靈鬼，狡猾的。惺惺：機警的，聰明的。兩者都是指聰明的人。

賞析與點評

元曲多有以《歎世》、《閱世》為題者，多是表達曲家對社會的判斷和認識，最後多歸結為隱居避世。此曲不然，曲家用六組現象觀照人生，可分為兩大組，每組前兩句列舉現象是為了上升到總結的第三句。哲理升華，警策而有力。曲語明快風趣，又保留了大量口語，通俗而形象。

【雙調・清江引】託詠

剔秃圞一輪天外月[1]，拜了低低說。是必常團圓[2]，休着些兒缺。願天下有情底似你者。

注釋

1 剔秃圞：元人俗語，特別圓。

2 是必：務必、必須。

賞析與點評

這首詠月之曲簡潔而通俗，全曲以大量俗語入曲，吟詠自然界常見的「月圓」現象，有所升華的是曲家將人情附在月圓之上，歸結為「月圓人長久」的美好祝願，有情有思有致。

孫周卿

孫周卿（?—約一三三〇），古邠（今陝西省彬縣）人。生平事跡不詳，孫楷第先生《元曲家考略》考證其曾為官，後歸隱湘中。今存小令二十三首，套數兩篇。

【雙調·水仙子】[1]舟中

孤舟夜泊洞庭邊，燈火青熒對客船[2]，朔風吹老梅花片[3]。推開篷雪滿天，詩豪與風雪爭先[4]。雪片與風鏖戰[5]，詩和雪繳纏[6]。一笑琅然[7]。

山居自樂

朝吟暮醉兩相宜，花落花開總不知。虛名嚼破無滋味，[8]比閒人惹是非。淡家私付山妻[9]，水碓裏舂來米[10]，山莊上線了雞[11]，事事休提。

注釋

1 孫周卿《水仙子》原作六首，今選其中之二。

2 青熒：燈光顏色青而微弱。

3 朔風：北風。

4 詩豪：寫詩的豪興。

5 鏖戰：激戰。

6 繳纏：糾纏。

7 琅然：聲音響亮的樣子。

8「虛名」句：意謂看破紅塵，了無趣味。

9 淡家私：指家產少，很清貧。山妻：隱士的妻子。晉皇甫謐《高士傳・陳仲子》：「楚相敦求，山妻了算，遂嫁雲蹤，鋤丁自竄。」後多用為自稱其妻。

10 水碓（粵：對；普：duì）：利用水力舂米的器具。來：語氣助詞。

11 線了雞：闍了雞。線，通「騸」，闍割。

賞析與點評

這兩首曲子都是描寫其隱居生活。孫周卿年輕時也曾為官，終於看破功名歸隱鄉野，此曲可視為其心曲，暗襯了其人生經歷，也表達了其享受隱居生活的安逸與悠閒。

【雙調·蟾宮曲】自樂[1]

草團標正對山凹[2]，山竹炊粳，山水煎茶。山芋山薯，山葱山韭，山果山花。山溜響冰敲月牙[3]，掃山雲驚散林鴉。山色元佳[4]，山景堪誇。山外晴霞，山下人家。

注釋

1 此曲為嵌字體（元曲巧體之一），每句皆嵌一「山」字。

2 草團標：圓形茅屋。

3 山溜：山中溪澗。

4 元：原本。山色元佳，意謂山色原本就好。

賞析與點評

此曲嵌字非常巧妙，組合自然流麗，「山」字的位置也在句中、句首變換，新意迭出而不覺重複，寫出曲家愛山樂山之情，實際上也是寫山林幽居的閒適之情。

顧德潤

顧德潤，生卒年不詳。字君澤，一作均澤，號九山，或作九仙，松江（今上海市松江縣）人，曾任杭州路吏，後移平江首領官，與詩人錢惟善等相交好。顧德潤曾自刊所著《九山樂府》、《詩隱》二集，售於市肆。其散曲今存小令八首，套數兩篇。

【越調・黃薔薇過慶元貞】御水流紅葉[1]

【黃薔薇】步秋香徑晚，怨翠閣衾寒[2]。笑把霜楓葉揀，寫罷衷情興懶。【慶元貞】幾年月冷倚闌干，半生花落盼天顏，九重雲鎖隔巫山。[3]休看作等閒，好去到人間[4]。

注釋

1 御水流紅葉：據《雲溪友議》載，唐宣宗時詩人盧渥從御溝中拾到一片題有一首絕句的紅葉，珍藏於家中。後宣宗放宮女外嫁，盧渥娶得一女正是當年題詩紅葉之人，後世即以「紅葉題詩」為閨怨的典型。顧德潤此曲正是化用這個典故。

2 衾：被子。

3 此三句為鼎足對，隱喻自己多年科場失意，沉淪下僚。

4 此句來源於當年宮女之紅葉詩：「流水何太急，深宮盡日閒。殷勤謝紅葉，好去到人間。」

賞析與點評

這首帶過曲乃是抒發多年科場失意的「衷情」，《黃薔薇》一曲模擬當年宮女題詩的場景，實際也是自況；《慶元貞》一曲寫盡文人失意之情懷，特別是「暗」、「冷」和「鎖」三字可謂決絕殘酷，包含無限怨恨絕望之情。

【中呂・醉高歌帶攤破喜春來】旅中

【醉高歌】長江遠映青山，回首難窮望眼，扁舟來往蒹葭岸[1]，煙鎖雲林又晚。【攤破喜春來】籬邊黃菊經霜暗，囊底青蚨逐日慳[2]。破清思，晚砧鳴[3]，斷愁腸，檐馬韻[4]，驚客夢。夢曉鐘寒，歸去難。修一緘[5]，回兩字寄平安[6]。

注釋

1 蒹葭：蘆葦。《詩・秦風・蒹葭》：「蒹葭蒼蒼，白露為霜。」

2 青蚨：錢的別稱，代指銅錢。慳：慳吝。此處指錢越來越少。

3 晚砧：傍晚時的擣衣聲。

4 檐馬韻：檐間聞鈴的響聲。馬，鐵馬，即聞鈴。

5 修一緘：寫一封家書。緘，封口。

6 回兩字寄平安：寄兩個字的平安家信。意謂除「平安」兩字外，更難言其他，有難言之苦。

賞析與點評

這首曲寫羈旅之愁苦。羈旅之愁在詩詞中表現極多，深層次的往往同人生之感慨結合起來，顧德潤此曲即是如此。此曲譜寫羈旅，暗襯人生沉淪之哀感，旅中所見同人生所經歷的結合起來，情感流麗自然，深沉動人。

曹德

曹德，生卒年不詳。字明善，衢州（今浙江省衢州市）人。曾任衢州路吏、山東憲吏等職。性情耿直，伯顏專權之時，許多人無罪被殺，曹德作《清江引》曲以諷，伯顏大怒，下令緝捕，乃南逃吳中僧舍避禍。居數年，伯顏事敗，方再入京。鍾嗣成《錄鬼簿》稱其「華麗自然，不在（張）小山之下」。現存小令十八首。

【雙調·沉醉東風】隱居

鴟夷革屈沉了伍胥[1]，江魚腹葬送了三閭。[2]數間諫時，獨醒處，豈是遭誅被放招伏？一舸秋風去五湖，[3]也博個名傳萬古。

注釋

1 鴟夷革：皮製的袋子。據《史記·伍子胥列傳》載，戰國時吳國功臣伍子胥因吳王夫差聽信讒言，憤而自殺，夫差乃將其屍體盛於鴟夷革，浮於江中。

2 「江魚腹」句：指屈原自沉汨羅江事。

3 「一舸秋風去五湖」句：指范蠡助越王句踐復國後，激流勇退，隱姓埋名，四海經商之事。

賞析與點評

這是一首自吐心聲之曲，曲家借用伍子胥、屈原、范蠡等歷史人物不同命運的對比，表明自己樂在隱居的人生志趣。

【中呂·喜春來】和則明韻[1]

春雲巧似山翁帽[2]**，古柳橫為獨木橋。風微塵軟落紅飄，沙岸好，草色上羅袍**[3]**。**

又

春來南國花如繡[4]，雨過西湖水似油[5]。小瀛洲外小紅樓，人病酒，料自下簾鈎[6]。

注釋

1 則明：即曲家任昱，字則明。
2 山翁：晉山濤之子山簡，善飲酒，醉後曾倒騎馬，倒戴白帽回家。事見《世說新語》。
3 草色上羅袍：指遊人的羅袍與青草顏色相近，難分彼此。庾信《哀江南賦》：「青袍如草，白馬如練。」
4 南國：南方。
5 水似油：形容湖水平滑而有光澤。
6 病酒：飲酒沉醉。料：料想。下簾鈎：指放下窗簾，無心觀賞春景。

賞析與點評

這是兩首唱和曲，原曲皆已不存。這兩首曲子主要抒發的還是對春景的沉醉與熱愛，也抒發了曲家的悠閒之情。曲語典雅，與詩詞接近。

【雙調・折桂令】自述

淡生涯卻不多爭，賣藥修琴，負笈擔簦[1]。雪嶺樵柯[2]，煙村牧笛，月渡漁罾[3]。究生死乾忙煞老僧，學飛升空老了先生[4]。我腹膨脝[5]，我貌狰獰，我髮鬅鬙[6]。除了銜杯，百拙無能[7]。

注釋

1 笈：書箱。簦（粵：燈；普：dēng）：古代有長柄的笠，類似後世的雨傘。

2 柯：斧子的柄。此處代指樵夫用的斧子。

3 罾（粵：增；普：zēng）：一種用竹竿或木棍做支架的方形漁網。

4 先生：道士。這兩句是譏刺那些身為僧道而利欲薰心、不能安貧樂道之人。

5 膨脝（粵：亨；普：hēng）：又作膨亨，腹膨大的樣子。韓愈《石鼎聯句》詩：「龍頭縮菌蠢，豕腹脹膨亨。」

6 鬅鬙（粵：朋生；普：péng sēng）：毛髮蓬亂的樣子。曾鞏《看花》詩：「但知抖擻紅塵去，莫問鬅鬙白髮催。」

7 銜杯：飲酒。百拙無能：意謂極其笨拙，百無一能。

賞析與點評

曹德的這首《自述》也是曲家心聲之曲，描寫了其生活經歷和志趣，這段經歷可能同他躲避伯顏緝捕時期的生活有關，字裏行間也滲透了些許不平之氣。

高克禮

高克禮，生卒年不詳。字敬臣，號秋泉，河間（今河北省河間市）人。至正年間曾官慶元（今浙江慶元縣）推官，後歸隱。與喬吉、薩都剌等人都有唱和。今存小令四首。

【越調・黃薔薇過慶元貞】[1]

【黃薔薇】燕燕別無甚孝順[2]，哥哥行在意殷勤[3]。玉納子藤箱兒問肯[4]，便待要錦帳羅幃就親。【慶元貞】唬得我驚急列蓦出臥房門[5]，他措支剌扯住我皂腰裙[6]，我軟兀剌好話兒倒溫存[7]。一來怕夫人情性哏[8]，二來怕誤妾百年身。

天寶遺事

【黃薔薇】又不曾看生見長，便這般割肚牽腸。喚嫡嫡酩子裏賜賞[9]，撮醋醋孩兒弄璋[10]。【慶元貞】斷送得他蕭蕭鞍馬出咸陽[11]，只因他重重恩愛在昭陽[12]，引惹得紛紛戈戟鬧漁陽[13]。哎，三郎，睡海棠[14]，都則為一曲舞霓裳[15]。

注釋

1 元關漢卿有雜劇《詐妮子》雜劇，講述婢女燕燕為貴家公子小千戶誘姦，最終被納為小妾。本曲即節選其中片段，小千戶硬要參觀燕燕的閨房，燕燕拗不過只好領其前往，小千戶隨即千般引誘燕燕，燕燕巧言婉拒。

2 孝順：孝敬、侍候。

3 哥哥行：猶言哥哥那邊。

4 玉納子：用來裝飾箱子的玉製小配件。問肯：古代男子求婚的禮節，即六禮中的第一禮——納采。

5 驚急列：金元口語，驚慌、急忙。驀：突然。

6 措支剌：金元口語，慌忙。皂：黑色。

7 軟兀剌：金元口語，溫柔的。

8 哏：同「狠」。

9 孀孀（粵：乃；普：nǎi）：宮中嬤嬤。酩子裏：暗地裏。

10 撮：借作「促」，催促。醋醋：宋元時對使女的稱呼。弄璋：《詩經・小雅・斯干》：「乃生男子，載寢之牀，載衣之裳，載弄之璋。」後以弄璋指生男孩。

11 蕭蕭鞍馬：指玄宗出逃長安的馬。咸陽：代指長安。

12 昭陽：昭陽殿，漢後宮趙飛燕所居，代指貴妃住所。

13 漁陽：郡名，在今河北薊縣一帶，安祿山在此起兵叛唐。

14 三郎：玄宗小名。睡海棠：《楊貴妃外傳》載，玄宗曾讚楊貴妃醉容為「海棠睡未足」。

15 霓裳：指《霓裳羽衣舞》，唐代著名的舞曲，據傳楊貴妃善舞此曲。

賞析與點評

這兩首帶過曲一詠時事，一詠史。前一首吟詠燕燕與小千戶之事，曲家抓住小千戶在閨房求親時的前後狀況，突出動作描寫，襯以當時俗語，將燕燕的內心活動表現得極為充分，藝術效果極佳。後一首吟詠天寶遺事，大量運用當時口語，將唐玄宗、楊貴妃和安祿山三者關係表現得頗為諧趣，調笑中也對玄宗暗寓譏嘲。

王曄

王曄（粵：業；普：yè），生卒年不詳。字日華，一作日新，號南齋，杭州人。約生活於元代中後期。與鍾嗣成交好，鍾氏在《錄鬼簿》稱他「體豐肥而善滑稽，能詞章樂府，臨風對月之際，所制工巧」。其劇作有《桃花女》、《卧龍崗》、《雙賣華》三種，《桃花女》今存，其他均亡佚。今存小令十六首。王曄曾與朱凱合題雙漸蘇卿問答，頗有滑稽趣味，為時人激賞。

【雙調・折桂令】問蘇卿[1]

俏排場慣戰曾經，自古惺惺[2]，愛惜惺惺。燕友鶯朋，花陰柳影，海誓山盟。哪一個堅心志誠？哪一個薄倖雜情？則問蘇卿，是愛馮魁[3]，是愛雙生？

答

平生恨落風塵，虛度年華，減盡精神。月枕雲窗，錦衾繡褥，柳戶花門[4]。一個將百十引江茶問肯[5]，一個將數十聯詩句求親。心事紛紜：待嫁了茶商，怕誤了詩人。

【雙調・殿前歡】再問

小蘇卿：言詞道得不實誠。江茶詩句相兼併，那件着情，休胡蘆提二四應[6]，相傒幸[7]。端的接誰紅定[8]？休教勘問[9]，便索招承。

答

滿懷冤，被馮魁掩撲了麗春園[10]，江茶萬引誰情願？聽妾明言。多情小解元，休埋怨。俺違不過親娘面。一時間不是，誤走上茶船。

注釋

1 蘇卿：即雙漸、蘇卿故事中的女主角。雙漸、蘇卿故事宋元間流傳頗廣，許多曲家

均有吟詠。（參見前關漢卿《雙調・大德歌・雙漸蘇卿》注釋1）

2 惺惺：指聰慧的人。

3 馮魁：茶商，暗中施計從蘇卿母親手上買得蘇卿，拆散了雙漸與蘇卿。

4 柳戶花門：指蘇卿的妓女出身。

5 引：指商人運銷貨物的憑證，亦指所規定的重量單位，元代有茶引、鹽引等。

6 胡蘆提：指糊裏糊塗。二四應：指模棱兩可。

7 傒幸：戲弄（人）。

8 端的：究竟，真實。紅定：訂婚時，男方送給女方的聘禮。

9 勘問：盤問、審問。

10 掩撲：乘人不備而襲擊。

賞析與點評

此兩曲乃敷衍雙漸、蘇卿而成，曲家藉雙漸問、蘇卿答的模式簡要勾勒了二人現今的困難處境，一方面雙漸癡情不改，故而苦苦追問蘇卿的選擇；另一方面是蘇母已經將蘇卿暗地裏賣與了茶商，蘇卿向雙漸表明自己的處境和解釋造成這種境況的原因。

王仲元

王仲元，生卒年不詳，杭州人。與鍾嗣成交厚。作有雜劇三種，均佚。散曲今存小令二十一首，套數四篇。

【中呂·普天樂】春日多雨

無一日惠風和[1]，常四野彤雲佈[2]。那裏肯妝金點翠[3]，只待要迸玉篩珠[4]。這其間湖景陰，恰便似江天暮。冷清清孤山路[5]，六橋迷雪壓模糊[6]。瞥見遊春杜甫，只疑是尋梅浩然[7]，莫不是相訪林逋[8]。

注釋

1 惠風：和風。

2 彤雲：陰雲。

3 妝金點翠：形容晴日日光照耀雲彩的情形。

4 迸玉篩珠：形容雨很大，如玉珠般下落。

5 孤山：西湖著名景點，林和靖曾隱居於此。

6 六橋：西湖上映波、鎖瀾、望山、壓堤、東浦、跨虹六座橋。

7 浩然：唐代詩人孟浩然，曾踏雪尋梅。

8 林逋：宋代詩人，曾隱居西湖孤山，以種梅養鶴自娛，人稱其「梅妻鶴子」。

賞析與點評

這首曲描寫杭州春日下雨之景，將雨前、雨後之景描摹得非常詳盡，曲語中又多用三字結構起句，節奏鏗然，適合吟唱，與傳統詩詞風味迥然不同。

呂止庵

呂止庵，生平不詳。別有呂止軒，疑即一人。今存散曲小令三十三首，套數四篇。

【仙呂·後庭花】

風滿紫貂裘[1]，霜合白玉樓[2]。錦帳羊羔酒，[3]山陰雪夜舟[4]。党家侯，一般乘興，虧他王子猷[5]。

注釋

1 紫貂裘：用紫貂皮做成的大衣，形容極其名貴。

2 白玉樓：白玉砌成的樓房，形容居室豪奢。

3「錦帳」句：這裏用用党進雪夜飲羊羔酒的典故。羊羔酒，酒名。《事物紺珠》云：「羊羔酒出汾陽，色白瑩，饒風味。」據《本草綱目》載宋代有羊羔酒方，用糯米、肥羊肉等釀成。明陳繼儒《辟寒部》載：宋陶谷妾，本富人党進家姬，一日下雪，陶穀命取雪水煎茶，問之曰：「党家有此景？」對曰：「彼粗人，安識此景？但能知銷金帳下，淺斟低唱，飲羊羔美酒耳。」後因以「党家」比喻粗俗的富豪人家。

4「山陰」句：《晉書・王徽之傳》載，「（王徽之）嘗居山陰，夜雪初霽，月色清朗，四望皓然……忽憶戴逵，逵時在剡，便夜乘小船詣之，經宿方至，造門不前而返。人問其故，徽之曰：『本乘興而來，興盡而返，何必見安道耶？』」

5 王子猷（粵：尤；普：yóu）：即王徽之。

賞析與點評

這一首曲饒有趣味，乃吟詠宋初名將党進之事。党進豪奢，喜歡在紅爐暖帳中飲羊羔酒，曲家述其事，並將之與王子猷雪夜訪戴作對比，指出其尊貴如此，也不比文士之高雅脱俗。全曲大量鋪墊党家的豪富，只為烘托結句，寫法巧妙。

【仙呂・醉扶歸】[1]

瘦後因他瘦，愁後為他愁。早知伊家不應口，[2]誰肯先成就[3]。營勾了人也罷手[4]，吃得我些酩子裏罵低低的呪[5]。

又

頻去教人講，不去自家忙。[6]若得相思海上方[7]，不道得害這些閒魔障[8]。你笑我眠思夢想，只不打到你頭直上[9]。

注釋

1 呂止庵《醉扶歸》凡三首，此選其中兩首。

2「早知」句：指男方家長不同意他們的婚事。

3 成就：指兩人合好，私定終身。

4 營勾：謊騙，勾引。

5 酩子裏：暗地裏。

6「頻去」兩句：是說經常到男方家裏去，害怕別人說閒話；但不去自己心中又不踏實。

7 相思海上方：指治療相思病的靈丹妙藥。據傳秦始皇曾派方士到海外求長生不死之藥，故云海上方。

8 鬧魔障：指相思病。魔障，佛家語，惡魔所設的障礙。藉指波折、病痛、災難等。

9 打到：宋元俗語，碰到。頭直上：即頭上。直上，上面。

賞析與點評

這兩首曲子都是相思題材，藉閨中女子的抱怨和相思，寫她們的離愁別恨，運用大量俗語入曲，將陷入情感漩渦的女子寫得活靈活現，真摯動人。

真真

真真，建寧（今福建省建寧縣）人，生平不詳。宋儒真德秀後裔，淪為歌伎，姚燧為之脱籍。散曲今存小令一首。

【仙呂・解三酲】

奴本是明珠擎掌[1]，怎生的流落平康[2]？對人前喬作嬌模樣[3]，背地裏淚千行。三春南國憐飄蕩，[4]一事東風沒主張[5]。添悲愴。那裏有珍珠十斛，來贖雲娘[6]。

注釋

1 明珠擎掌：指自己本是父母的掌上明珠。

2 平康：唐代長安平康坊，為妓女聚居之地。後用來代指妓院。

3 喬：假裝。

4「三春」句：指命運有如江南春天的飄絮，不能自主。

5 主張：主宰。

6 雲娘：唐有歌伎名崔雲娘。這裏乃自指。

賞析與點評

此曲乃是真真自述，講述了自己悲慘無望的命運，感情真摯悲切。全曲巧用對比，以自己前後命運對比、人前人後對比，鮮明而有力，讀來字字血淚，令人為之悲愴難忍。

查德卿

查德卿，生平、仕履與籍里均不詳。約為元代後期人。長於散曲創作，今存小令二十三首。明朱權《太和正音譜》將之列為「詞林英傑」之一。

【仙呂·寄生草】感歎

姜太公賤賣了磻溪岸[1]，韓元帥命博得拜將壇[2]。羨傅說守定岩前版[3]，歎靈輒吃了桑間飯[4]，勸豫讓吐出喉中炭[5]。如今凌煙閣一層一個鬼門關[6]，長安道一步一個連雲棧[7]。

注釋

1 姜太公：即呂尚。磻溪：一名璜河，在陝西寶雞縣東南。相傳溪上有茲泉，為姜太公垂釣遇文王處。

2 韓元帥：即韓信。命博得：用生命換取得。

3 傅說（粵：悅；普：yuè）：傅說隱居傅岩（今山西平陸）時，曾為人版築。後商王武丁夢得賢臣，即傅說，舉以為相。版，築牆用的夾板。

4 靈輒：春秋時晉人。據《左傳．宣公二年》載：晉靈公的大夫趙宣子曾於首陽山打獵，在桑陰中休息，看到餓人靈輒，便拿飯給他吃，並給了他母親飯和肉。後晉靈公想刺殺宣子，派靈輒作伏兵，他卻倒戈相救，以報一飯之恩。

5 豫讓：戰國晉人。據《史記．刺客列傳》載：豫讓為晉國大夫智伯家臣，備受尊寵。後智伯為趙襄子所滅，他便「漆身為癩，吞炭為啞」，埋伏橋下，企圖行刺趙襄子，為智伯報仇。後為趙襄子所捕，臨死時求得趙襄子衣服拔劍擊之，以示為主報仇，然後伏劍自殺。

6 凌煙閣：唐太宗圖畫功臣的殿閣。此借指高官顯位。

7 長安道：指仕途。連雲棧：本指高入雲霄的棧道。此喻仕途的兇險。

賞析與點評

這首曲乃詠史名曲，曲家列舉了五個著名歷史人物的典故，再加以評述，如評價姜太公用了「賤賣」，韓信乃以命博得等，大唱反調，對歷史上熱衷功名者潑上一盆冷水，也表明了曲家對功名利祿的批判與否定。曲語滿含嘲諷，感情激憤，正是對現實世界的強烈憤慨。

【越調・柳營曲】金陵故址[1]

臨故國，認殘碑。傷心六朝如逝水[2]。物換星移[3]，城是人非[4]，今古一枰棋[5]。南柯夢一覺初回[6]，北邙墳三尺荒堆[7]。四圍山護繞，幾處樹高低。誰曾賦黍離離[8]。

注釋

1 金陵：即南京，曾為六朝古都，興廢陳跡甚多。

2 六朝：指三國的吳、東晉，南朝的宋、齊、梁、陳。它們都建都在金陵。

3 物換星移：萬物變化，星辰運行，比喻光陰流逝。王勃《滕王閣詩》：「物換星移幾度秋。」

4 城是人非：意謂城郭猶是，人民已非，世界變化很快。用丁令威典故。

5 今古一枰棋：古今成敗，不過如同一局棋罷了。枰，棋盤。

6 南柯夢：唐李公佐《南柯記》傳奇說書生淳于棼夢至槐安國，國王招為駙馬，並任命他做南柯太守，享盡了榮華富貴，醒來才知道是一場大夢。

7 北邙墳：因為東漢及魏的王侯公卿多葬於洛陽市北的邙山，後用以泛指墓地。

8 黍離離：《詩經・王風・黍離》：「彼黍離離，彼稷之穗。行邁靡靡，中心如醉。」據說這是東周的大夫看到故國宗廟，已盡變為禾黍之地，徘徊感歎，而作是詩。後世用來代指故國之悲。

賞析與點評

此曲乃懷古名作。傳統詩詞中懷古之作頗為興盛，六朝題材更是層出不窮，大多着眼於六朝荒淫亡國的教訓，此曲則在追懷前代之際，將六朝的歷史興廢比作一局棋、一場夢，充滿了空幻感，這是一種哲學上的提升，在曲作中尤為難得。

【仙呂·一半兒】擬美人八詠[1]

春妝

自將楊柳品題人[2]，笑撚花枝比較春[3]。輸與海棠三四分。再偷勻，一半兒胭脂一半兒粉。

春醉

海棠紅暈潤初妍，楊柳纖腰舞自偏。笑倚玉奴嬌欲眠[4]。粉郎前[5]，一半兒支吾一半兒軟[6]。

注釋

1 查德卿小令《一半兒》「擬美人八詠」凡八首，此選其中之二。

2 品題：評論，定其高下。

3 撚：同「拈」。比較春：與春比較。

4 玉奴：此指侍女。

5 粉郎：三國時何晏，容貌嬌美，面如傅粉，人稱「粉郎」。後用來指心儀之情郎。

6 支吾：勉強支持。

賞析與點評

查德卿這幾首《一半兒》都是描寫閨中情態。曲家通過一系列動作與情態描寫展現女子的內心活動，如《春妝》寫女子梳妝與海棠相比較，顏色不及海棠紅潤，其潛臺詞即是內心有愁，才致容顏憔悴輸與了海棠，故而偷抹幾分胭脂以遮掩之。巧妙的表現了少女內心世界。

【中呂·普天樂】別情[1]

鷓鴣詞，鴛鴦帕[2]。青樓夢斷，錦字書乏[3]。後會絕，前盟罷。淡月香風鞦韆下，倚闌干人比梨花。如今那裏？依棲何處，流落誰家？

注釋

1 查德卿《普天樂》以「別情」為題者凡二首，今選其中之一。

2 鷓鴣詞：按照《鷓鴣天》或《瑞鷓鴣》詞牌填寫的詞。鴛鴦帕：繡有鴛鴦的羅帕。

3 青樓：妓院。錦字書：指書信。前秦才女蘇惠作織錦，上寫回文詩，寄給遠方的丈夫竇滔。故後世多以錦書代指寄給丈夫或情人的書信。

賞析與點評

這是一首離別懷人之曲。曲家以青樓歌伎的口吻展現其離愁別情，全曲在現實、懷念之中交叉，將女子的念人之情寫得十分輾轉纏綿。

【越調．柳營曲】江上

煙艇閒[1]，雨蓑乾[2]，漁翁醉醒江上晚。啼鳥關關[3]，流水潺潺，樂似富春山[4]。聲柔櫓江灣，一鈎香餌波寒。回頭貪兔魄[5]，失意放漁竿。看，流下蓼花灘[6]。

注釋

1 艇：輕便小船。

2 蓑：草編的蓑衣。

3 關關：擬聲詞，鳥鳴的聲音。

4 富春山：山名，又名嚴陵山，在今浙江桐廬縣西。東漢會稽人嚴光，字子陵，不受光武帝劉秀徵召，曾隱居富春山，上有其釣臺。

5 兔魄：月亮的別稱。

6 蓼：一種生長在水邊的水草，花小如穗，白色或紅色。

賞析與點評

這首曲實際上乃是一首歌詠隱居之曲。曲中的漁夫就是一位隱士，他樂居江上，與大自然為友，還因為貪看月光，失手掉落了魚竿，可謂是瀟灑閒適至極。這種生活正是當時文人士大夫心中無限嚮往的。

吳西逸

吳西逸，生平、籍里均不詳。與阿里西瑛、貫雲石等有唱和，約延佑末前後在世。今存小令四十七首。

【雙調・蟾宮曲】懷古[1]

問從來誰是英雄，一個農夫[2]，一個漁翁[3]。晦跡南陽[4]，棲身東海[5]，一舉成功。八陣圖名成卧龍[6]，六韜書功在飛熊[7]。霸業成空，遺恨無窮。蜀道寒雲，渭水秋風[8]。

注釋

1 此曲另一說為查德卿所作。

2 **一個農夫**：指諸葛亮。諸葛亮曾經「躬耕南陽」，故云。

3 **一個漁翁**：指姜太公，他曾經釣於渭水，故云。

4 **晦跡**：使自己的蹤跡隱晦，即隱居。**南陽**：古南陽郡，今屬湖北襄陽，諸葛亮曾隱居的地方。

5 **棲身東海**：指姜太公隱居在東海。《史記・齊太公世家》云：「呂尚處士，隱海濱。」

6 **八陣圖**：傳說諸葛亮善擺八卦陣。

7 **六韜書**：相傳為姜太公所著的一部兵書。**飛熊**：姜太公道號飛熊，周文王夢見虎生雙翼，來至殿下，後果訪求得姜太公。

8 **渭水秋風**：化用賈島《憶江上吳處士》詩：「秋風生渭水，落葉滿長安。」

賞析與點評

這是一首詠史懷古之曲。姜太公、諸葛亮都是輔助名君成就霸業、標榜青史的賢相名臣，而今他們的英雄事跡和成就的王霸之業也隨風而逝，惟餘秋風寒雲，不由得讓人感慨叢生。這種結體於空，藉景寫意的手法在傳統詩詞中較為多見，而在曲中則較為難得。

【雙調・清江引】秋居

白雁亂飛秋似雪[1]，清露生涼夜。掃卻石邊雲[2]，醉踏松根月[3]，星斗滿天人睡也。

注釋

1 白雁：白色的雁。亂飛秋似雪：雁群很多，把天空都染白了，如同下雪一般。

2 石邊雲：石頭邊上的雲彩，形容雲霧繚繞的高山。

3 松根月：照在松根的月光。

賞析與點評

這首《秋居》描寫隱士的生活。曲中隱士瀟灑閒逸，隨意拂去石頭上繚繞的雲朵，趔趄的踏散了松樹根邊上的月光，曠達雅潔到了極致，讀來讓人神清氣爽。

【雙調・殿前歡】[1]

懶雲窩，懶雲堆裏即無何[2]。半間茅屋容高臥，往事南柯[3]。紅塵自網羅，白日閒酬和[4]，青眼偏空闊[5]。風波遠我[6]，我遠風波。

又

懶雲巢，碧天無際雁行高。玉簫鶴背青松道，樂笑遊遨。溪翁解冷淡嘲，山鬼放揶揄笑，[7]村婦唱糊塗調。風濤險我，我險風濤。

注釋

1 吳西逸《殿前歡》凡六首，今選其中之二。阿里西瑛在蘇州有居所號懶雲窩，曾作《殿前歡》自述，貫雲石、喬吉和吳西逸均有和作。選曲即是。

2 無何：即平安無事。

3 南柯：指南柯一夢。參見關漢卿《雙調・蟾宮曲・歎世》注釋4。

4 酬和：唱酬，酬對。

5 青眼：黑色眼珠在眼眶中間，以青眼看人表示對人的尊重，與「白眼」相對。

6 風波：喻官場及人世隱藏的兇險，與後一支《殿前歡》的「風濤」意思相同。

7 「山鬼」句：據《晉陽秋》載：「首旦出門，於中途逢一鬼，大見揶揄，云：『我只見汝送人作郡，何以不見人送汝作郡？』」揶揄：戲弄、嘲笑。

賞析與點評

這兩首曲子皆是唱和之曲，表現了阿里西瑛安貧樂道、安逸閒適的隱居生活。從紅塵、風波、風濤等句看來，阿里西瑛應是從官場退隱，兩曲盛讚其及時身退，得脫紅塵，得遠風波，得享清閒的選擇，實際上也是其內心的自白，遠離紅塵是非，掙破名韁利鎖，方能樂享自由。

【雙調·蟾宮曲】紀舊

折花枝寄與多情，[1] 喚起真真[2]，留戀卿卿[3]。隱約眉峰[4]，依稀霧鬢[5]，彷彿銀屏[6]。曾話舊花邊月影，共銜杯扇底歌聲[7]。款款深盟[8]，無限思量，笑語盈盈[9]。

注釋

1「折花枝」句：《太平御覽》引《荊州記》云：「陸凱與范曄相善，自江南寄梅花一枝，詣長安與曄，與贈以詩曰：『折花逢驛使，寄與隴頭人。江南無所有，聊贈一枝春。』」

2 喚起真真：真真，美人名。《太平廣記》二八六卷引《聞奇錄》云：「唐進士趙顏於畫工處得一軟障，圖一婦人甚麗。顏謂畫工曰：『世無其人也。如可令生，余願納為妻。』畫工曰：『余神畫也。此亦有名，曰真真。呼其名百日，晝夜不歇，即必應之。應，即以百家彩灰酒灌之，必活。』顏如其言，遂呼之百日，晝夜不止。乃應曰『諾』。急以百家彩灰酒灌之，遂呼之活。下步言笑，飲食如常。曰：『謝君召妾，妾願侍箕帚。』終歲，生一兒。年二歲，友人曰：『此妖也，必與君為患。余有神劍可斬之。』其夕遺顏劍。劍才及顏室，真真乃泣曰：『妾南嶽地仙也。無何為人畫妾之形，君又呼妾之名。既不奪君願。今君疑妾，妾不可住。』言訖，攜其子，卻上軟障，嘔出先所飲百家彩灰酒。睹其障，惟添一孩子。皆是畫焉。」

3 卿卿：夫妻情人間的親昵稱呼。

4 眉峰：古人常把美女的眉比作山，所以眉端叫「眉峰」。

5 霧鬢：形容婦女頭髮蓬鬆。

6 銀屏：華麗的屏風。

7 扇底歌聲：古代歌女常在舞扇遮掩下唱歌。晏幾道《鷓鴣天》：「舞低楊柳樓心月，歌盡桃花扇底風。」

8 款款：忠實、誠懇的樣子。司馬遷《報任安書》：「誠欲效其款款之愚。」

9 盈盈：儀態優美的樣子。辛棄疾《青玉案·元夕》：「蛾兒雪柳黃金縷，笑語盈盈暗香去。」

賞析與點評

這是一首懷人之曲，所懷之人似乎是一位歌女，曲家深情回憶了兩人過去的美好時光，曲語典雅秀麗，巧用疊詞，朗朗上口，風味已與詞相近。

【越調·天淨沙】閒題

楚雲飛滿長空[1]，湘江不斷流東，何事離多恨冗[2]？夕陽低送，小樓數點殘鴻[3]。

又

數聲短笛滄州[4]，半江遠水孤舟，愁更濃如病酒[5]。夕陽時候，斷腸人倚西樓。

又

江亭遠樹殘霞，淡煙芳草平沙，綠柳陰中繫馬。夕陽西下，水村山郭人家[6]。

注釋

1 楚雲：楚國之雲，這裏泛指南方的雲。

2 冗：繁多。

3 殘鴻：指在夕陽中漸漸遠逝而殘剩的雁影。

4 滄州：水中小洲，多代指隱居地。

5 病酒：飲酒沉醉。

6 山郭：山外的城郭。

賞析與點評

吳西逸《天淨沙・閒題》共四首，主要描寫羈旅思鄉之愁。從所選三首可以看出，受馬致遠及白樸《天淨沙》影響頗大，通過意象並置手法，組合景物以顯層次推進主題，風格恬淡悠遠。

趙顯宏

趙顯宏，號學村。生平不詳。散曲今存小令二十一首，套數兩篇。

【黃鐘·䫻地風】別思

春日凝妝上翠樓[1]，滿目離愁。悔教夫婿覓封侯，蹙損眉頭[2]。園林春到，物華依舊。並枕雙歌，幾時能夠。團圓日是有，相思病怎休。都道我減了風流[3]。

注釋

1 「春日」句及後文的「悔教」句都直接取自王昌齡《閨怨》詩：「閨中少婦不知愁，春日凝妝上翠樓。忽見陌頭楊柳色，悔教夫婿覓封侯。」凝妝，盛裝，嚴妝。

2 蹙損眉頭：是説因常皺眉頭而使眉頭受損。

3 風流：美好的儀態。

賞析與點評

此曲寫離愁別恨。這種題材在傳統詩詞中極為常見，本曲直接化用了王昌齡的《閨怨》，可見淵源。惟傳統詩詞較為含蓄，講求韻外有致，此曲則比較直露，少婦心事全盤托出，這也是曲與詩詞的區別。

【中呂・滿庭芳】樵[1]

腰間斧柯[2]，觀棋曾朽[3]，修月曾磨[4]。不將連理枝梢銼[5]，無缺鋼多。不饒過猿枝鶴窠，慣立盡石澗泥坡。還參破[6]，名韁利鎖[7]，雲外放懷歌。

注釋

1 趙顯宏《滿庭芳》曲分別以漁、樵、耕、牧為題，共四首，此選其一。

2 柯：斧柄。

3 觀棋曾朽：晉虞喜《志林》載，王質入山伐木，遇見兩童子弈棋，駐足觀看，多時之後童子提醒他該回家了，回頭一看，斧柄已經朽爛。

4 修月：據唐段成式《酉陽雜俎》載，傳說月亮乃七寶合成，天帝安排了八萬二千戶常以斧鑿修。

5 連理枝：兩樹枝幹合生在一起，又稱相思樹，比喻男女感情恩愛。銼：指折傷。

6 參破：看破、悟透。

7 韁：韁繩。鎖：枷鎖。指受名利的牽絆、束縛。

賞析與點評

這首曲描摹了一個超凡脫俗的世外高人形象。開篇連用兩典寫出樵夫的不同凡俗，中間描寫樵夫的品德與生活，他保護世間的愛情，履險地如平常，不僅如此，更重要的是他在精神上超脫世俗的羈絆，蔑視名利，樂享逍遙。

朱庭玉

朱庭玉，「庭」或作「廷」，生平不詳。散曲今存小令四首，套數二十二篇。

【越調．天淨沙】秋[1]

庭前落盡梧桐，水邊開徹芙蓉[2]，解與詩人意同[3]。辭柯霜葉[4]，飛來就我題紅[5]。

冬

門前六出狂飛[6]，樽前萬事休提。為問東君信息[7]，急教人探。小梅江上先知[8]。

注釋

1 朱庭玉《天淨沙》共四首，分別以春、夏、秋、冬為題，今選其中之二。

2 芙蓉：荷花的別名。

3 解：明白。

4 辭柯：（楓葉）辭別樹枝，意即從枝上飄落。霜葉：楓葉。

5 就：靠近。題紅：用紅葉題詩的典故。參見顧德潤《越調．黃薔薇過慶元貞．御水流紅葉》注釋1。

6 六出：因雪花六角，故以六出代指雪花。

7 東君：春天。

8 小梅江上先知：指梅花率先在江邊開放，以報春信。

賞析與點評

朱庭玉四首《天淨沙》分詠四時，但不限於詠時令，而是將時令之景物與曲家之詩興結合起來寫，景與情俱，形成新的意境。如第三首《秋》藉紅葉題詩典故敷衍而來，又結合秋景，寫紅葉與曲家知心，惟「解」意才能「辭」別樹枝後「就」曲家而成詠，非常貼切自然。

李伯瑜

李伯瑜，生平不詳。元初王鶚序姬志真《雲山集》有云：「庚戌（一二五〇）夏五月，與友人李伯瑜相會。話舊之餘，李出《知常先生文集》一編，將以版行垂世。」可知李伯瑜為金末元初人。明朱權《太和正音譜》將其列為「詞林英傑」之一。今存小令一支。

【越調・小桃紅】磕瓜[1]

木胎氈觀要柔和，用最軟的皮兒裹。手內無他煞難過[2]，得來呵，普天下好淨也應難躲。[3]兀的般砌末[4]，守着個粉臉兒色末，[5]諢廣笑聲多。

注釋

1 磕瓜是古代雜劇中打諢所用的道具，也叫皮棒槌。宋金雜劇表演的角色主要為副淨、末，副淨插科，副末打諢。

2 煞：忒，特別。

3「普天下」句：因副淨插科時，副末每以磕瓜輕擊副淨，故云「難躲」。

4 兀的：這，如此。砌末：相當於今人所謂的道具。

5「守着個」句：是說副末始終拿着磕瓜。

賞析與點評

這首曲對於我們了解金元時期雜劇演出時磕瓜的製作與功用極為有益。前兩句寫磕瓜的製作，其後描寫磕瓜在演出時的使用以及效果。曲詞簡潔明了，敍述生動活潑，幽默有趣。

李德載

李德載，生平不詳。散曲今存小令十首，均詠茶事。

【中呂・陽春曲】贈茶肆[1]

茶煙一縷輕輕颺，攪動蘭膏四座香[2]。烹煎妙手賽維揚[3]。非是謊[4]，下馬試來嘗！

又

金芽嫩採枝頭露，雪乳香浮塞上酥。我家奇品世間無。君聽取，聲價徹皇都[5]。

注釋

1 李德載的《陽春曲》共十首，此選其中之二。

2 蘭膏：指蘭膏茶。元代忽思慧《飲膳正要》：「蘭膏、玉磨末茶三匙頭，麪酥油同攪成膏，沸湯點之。」其加工方法與近代酥油茶類似。

3 維揚：即揚州。揚州烹飪非常有名，故云。

4 謊：胡說、瞎說。

5 徹：滿，遍。

賞析與點評

李德載《陽春曲》共十首，都以賣茶人的口吻吟唱，此選二首，一讚茶香，一讚茶品質上乘，聲聞天下。這也是早期的廣告語，語詞較為生動活潑。

程景初

程景初，生平不詳。散曲今存小令、套數各一首。

【正宮・醉太平】

恨綿綿深宮怨女[1]，情默默夢斷羊車[2]，冷清清長門寂寞長青蕪[3]，日遲遲春風院宇[4]。淚漫漫介破琅玕玉[5]，悶淹淹散心出戶閒凝佇[6]，昏慘慘晚煙妝點雪模糊，淅零零灑梨花暮雨[7]。

注釋

1 綿綿：悠長的樣子。
2 羊車：羊拉之車。相傳晉武帝好色，常隨羊車所止而定臨幸之所。
3 長門：漢代宮名。漢武帝時陳皇后失寵後幽居於此。蕪：雜草。
4 遲遲：緩慢悠長的樣子。
5 介破：隔開。琅玕玉：竹的美稱。宋鄭獬《詠竹寄元忠》：「丹鳳何時來？瘦損琅玕玉。」
6 凝佇：佇立凝望。

賞析與點評

這首曲寫宮怨，全曲採用賦體手法，鋪排各種宮怨，極力描摹了「怨」的廣度和深度，與閨怨詞較為相近。

杜遵禮

杜遵禮，生平不詳。今存小令一首。

【仙呂．醉中天】佳人臉上黑痣

好似楊妃在，逃脫馬嵬災。[1] 曾向宮中捧硯臺，堪伴詩書客。叵耐無情的李白，醉拈斑管，灑松煙點破桃腮。[2]

注釋

1「好似」兩句：因楊貴妃在安史之亂中被賜死於馬嵬驛，故此云好似「逃脫馬嵬災」。

2「叵耐」以下三句：唐玄宗時，李白曾奉召侍宴，即席立賦《清平調》三章。叵耐，怎奈。斑管，指毛筆。松煙，墨多由松煙製成，故此以松煙指代墨。

賞析與點評

這首曲以「佳人臉上黑痣」為題，構思精巧，又假想乃李白醉後塗鴉所致，想像出奇大膽，曲語輕鬆，調侃意味頗濃，正是曲貴「尖新」的體現。

李致遠

李致遠，字君深，生平不詳。至元間曾居江蘇溧陽。散曲今存小令二十六首，套數四篇。

【中呂·紅繡鞋】晚秋

夢斷陳王羅襪[1]，情傷學士琵琶[2]，又見西風換年華。[3]數杯添淚酒[4]，幾點送秋花。行人天一涯。

注釋

1 陳王：陳思王曹植。羅襪：語出曹植《洛神賦》：「凌波微步，羅襪生塵。動無常則，若危若安。進止難期，若往若還。」

2 學士：指翰林學士白居易，白居易長詩《琵琶行》有「座中泣下誰最多，江州司馬青衫濕」，故曲中云「情傷學士琵琶」。

3「又見」句：化用秦觀《望海潮》詞，秦詞有：「梅英疏淡，冰澌溶泄，東風暗換年華。」

4 數杯添淚酒：范仲淹《蘇幕遮》：「酒入愁腸，化作相思淚。」又《御街行》：「酒未到，先成淚。」故云。

賞析與點評

李致遠這首《紅繡鞋》寫晚秋愁思，描寫送別時的離愁，全曲寫離別而無一「離」字，純以典故、意象出之，含蓄蘊藉，風味已與小詞略同。

【越調・天淨沙】離愁

敲風修竹珊珊[1]，潤花小雨斑斑，有恨心情懶懶。一聲長歎，臨鸞不畫眉山[2]。

注釋

1 敲風修竹：意為風吹動竹子。此句化自蘇軾《賀新郎》詞：「簾外誰來推繡戶，枉教人夢斷瑤臺曲，又卻是風敲竹。」珊珊：象聲詞，本形容衣裙玉佩之聲，此處形容風吹竹子之聲。

2 臨鸞：照鏡。鸞，鑄有鸞鳳圖案的銅鏡。眉山：指女子的眉毛。

賞析與點評

這是一首閨怨之曲，開篇一組鼎足對鋪墊閨中女子的離愁別恨，疊詞的運用加深了這種愁意。曲語典雅，與小詞相近。

張鳴善

張鳴善，生卒年不詳，名擇，號頑老子，平陽（今山西臨汾）人。後遷居湖南，流寓揚州。官宣慰司令史。元滅後稱病辭官，隱居吳江。有《英華集》（今已佚），《太和正音譜》稱其曲「藻思富贍，爛芳春葩，誠一代之作手」。現存小令十三首，套數兩篇。

【中呂・普天樂】嘲西席[1]

講詩書，習功課。爺娘行孝順[2]，兄弟行謙和。為臣要盡忠，與朋友休言過[3]。養性終朝端然坐，免教人笑俺風魔[4]。先生道「學生琢磨」，學生道「先生絮聒」[5]，館東道「不識字由他」[6]。

注釋

1 西席：古人席次尚右，右為賓師之位。後尊稱授業之師為「西席」。

2 行：宋元俗語，這裏、這邊之意。

3 過：指過失。

4 風魔：指舉止輕浮。

5 絮聒：嘮叨、吵鬧。

6 館東：指主人、東家。不識字由他：謂不必嚴加管教。

賞析與點評

蒙元時期讀書人地位頗低，張鳴善的這首《普天樂》以戲謔的口吻描摹了當時落魄知識分子形象，巧妙嵌入對話，生動活潑有趣。

【中呂·普天樂】詠世

洛陽花[1]，梁園月[2]。好花須買，皓月須賒。花倚闌干看爛漫開，月曾把酒問

團圓夜[3]。月有盈虧，花有開謝，想人生最苦離別。花謝了三春近也[4]，月缺了中秋到也，人去了何日來也？

又

雨才收，花初謝。茶溫鳳髓[5]，香冷雞舌[6]。半簾楊柳風，一枕梨花月，幾度凝眸登臺榭。望長安不見些些[7]，知他是醒也醉也，貧也富也，有也無也。

又

雨兒飄，風兒颺[8]。風吹回好夢，雨滴損柔腸。風蕭蕭梧葉中，雨點點芭蕉上。風雨相留添悲愴，風和雨捲起淒涼。風雨兒怎當[9]？風雨兒定當，風雨兒難當。

注釋

1 洛陽花：指牡丹花。宋歐陽修曾作《洛陽牡丹記》，稱洛陽牡丹冠絕天下。

2 梁園：西漢時梁孝王劉武嘗於大梁（今河南開封市）築兔園以招攬賓客，相與遊樂其中，世稱梁園。當時聚集在他周圍的著名文人有枚乘、司馬相如、鄒陽等人。關漢卿《南呂．一枝花》（不伏老）套：「我玩的是梁園月，飲的是東京酒，賞的是洛陽花，攀的是章臺柳。」

3 此句源於蘇軾《水調歌頭》：「人有悲歡離合，月有陰晴圓缺，此事古難全。」

4 三春：此指季春，春季最末一月。

5 鳳髓：茶名。元楊允孚《灤京雜詠》：「嘉魚貢自黑龍江，西域蒲萄酒更良，南土至奇誇鳳髓，北陲異品是黃羊。」自注：「鳳髓，茶名。」

6 雞舌：雞舌香，即丁香。《齊民要術》云：「雞舌香，世以其似丁子，故一名丁子香。」

7 些些：一點兒。

8 颺：同「揚」，吹動。

9 怎當：怎麼禁受得住。當，抵擋。

賞析與點評

張鳴善的這三首《普天樂》題名「詠世」，實際上乃是寫閨怨。三首曲子都從閨中人角度出發，展示了離別後的思念、煎熬和期盼。三首曲都善於藉環境描寫來譜寫離情，如第一首中的花與月，第二首中的花、香與月，第三首中的風雨，曲家不避重複，反覆譜寫，層層累積，將離情寫得倍加哀婉動人。

【雙調・水仙子】譏時

鋪眉苫眼早三公[1]，裸袖揎拳享萬鍾[2]。胡言亂語成時用[3]，大綱來都是烘[4]。說英雄誰是英雄？五眼雞岐山鳴鳳[5]，兩頭蛇南陽卧龍[6]，三腳貓渭水飛熊[7]。

注釋

1 鋪眉苫眼：即舒眉展眼、裝模作樣、盛氣淩人的樣子。三公：周以太師，太傅、太保為三公，西漢以大司馬、大司徒、大司空為三公，東漢以太尉、司徒、司空為三公。唐、宋仍有三公之名，但已沒有實權。這裏泛指高官。

2 裸袖揎拳：捋起袖子露出拳頭，這裏指善於打鬧之人。萬鍾：俸祿優厚。

3 成時用：受到時代重用。

4 大綱來：總而言之。烘：指胡鬧。

5 五眼雞：即烏眼雞，好鬥成性。岐山：周朝發祥地，在今陝西岐山縣。鳴鳳：鳳凰。傳說周代將興的時候，有鳳凰鳴叫於岐山。

6 兩頭蛇：傳說為不祥之物。南陽卧龍：即諸葛亮。這裏是指奸邪之人反而成為了

「忠臣賢相」。

7 三腳貓：指代沒有本事的人。渭水飛熊：用周文王「飛熊入夢」而遇呂尚事，飛熊即指太公呂尚。這裏指沒本事的人得居高位。

賞析與點評

蒙元一代社會政治黑暗，顯要職位盡為蒙古人、色目人擔當，而且賢愚不分，是非顛倒，漢族文人多沉淪下僚，難有作為。張鳴善這首《水仙子》即反映和諷刺了這種情況。曲詞大膽，想像豐富，語言詼諧有力，這也是張鳴善散曲的一大特色。

楊朝英

楊朝英，生卒年不詳，字英甫，號澹齋，青城（今山東省高青縣）人，後移居龍興（今江西南昌）。曾任州縣官，後歸隱，與貫雲石等唱和。他編有《陽春白雪》與《太平樂府》兩部散曲集，今所見元散曲、套數多賴以傳世。長於散曲創作，楊維楨《周月湖今樂府序》稱：「士大夫以今樂府鳴者，奇巧莫如關漢卿、庾吉甫、楊澹齋、盧疏齋」，其散曲今存小令二十八首。

【雙調·水仙子】[1]

雪晴天地一冰壺，竟往西湖探老逋[2]。騎驢踏雪溪橋路，[3]笑王維作畫圖[4]，揀梅花多處提壺[5]。對酒看花笑，無錢當劍沽[6]，醉倒在西湖。

又

燈花占信又無功[7]，鵲報佳音耳過風[8]。繡衾溫暖和誰共，隔雲山千萬重，因此上慘綠愁紅。不付能博得團圓夢[9]，覺來時又撲個空，杜鵑聲又過牆東。

自足

杏花村裏舊生涯[10]，瘦竹疏梅處士家[11]。深耕淺種收成罷。酒新篘魚旋打[12]，有雞豚竹筍藤花[13]。客到家常飯，僧來穀雨茶[14]，閒時節自煉丹砂[15]。

注釋

1 楊朝英所寫《水仙子》曲凡九首，此選其中三首。

2 老逋：指宋代詩人林逋，曾隱居西湖孤山。

3 「騎驢」句：這裏暗用孟浩然騎驢踏雪、尋梅吟詩的典故。

4 笑王維作畫圖：王維，唐代著名詩人、畫家，曾繪《雪溪圖》和《雪裏芭蕉圖》。這裏是說他畫的雪景，遠不如眼前西湖的自然景色。

5 提壺：提起酒壺。

6 當劍：把佩劍典當掉。沽：通「酤」，買酒。

7 燈花占信：古人迷信，認為燈蕊結成花瓣，乃是遠信至、行人歸的吉兆。

8 鵲報佳音：古人相信喜鵲傳報喜訊。耳過風：比喻漠不關心。典出《吳越春秋・吳王壽夢傳》：「富貴之於我，如秋風之過耳。」這裏指希望落空。

9 不付能：方才、剛才。

10 杏花村：唐杜牧《清明》詩：「借問酒家何處有，牧童遙指杏花村。」後以杏花村代指賣酒處。

11 處士：沒有做官的讀書人。

12 篘：濾酒用的竹具。旋：同「現」，剛剛。

13 豚：小豬。藤花：指瓜果之類蔓生植物的花。

14 穀雨茶：穀雨節前採摘的春茶。

15 煉丹砂：古代道士多用丹砂煉製長生不老藥。

賞析與點評

楊朝英這幾首《水仙子》大多作於歸隱之後，主旨不一，就所選幾曲看來，第一首寫西湖踏雪尋梅，第二首寫閨情，第三首寫閒居。前後兩首都通過對場景、景物的鋪排來展現其不同流俗的審美情趣和閒適樂趣，情致較高。

【商調・梧葉兒】客中聞雨

檐頭溜[1]，窗外聲，直響到天明。滴得人心碎，颳得人夢怎成。夜雨好無情，不道我愁人怕聽[2]。

注釋

1 檐頭溜：檐下滴水的地方。

2 不道：不管，不顧。

賞析與點評

傳統詩詞中聞雨意象多見，大多比較典雅，以聽雨展示離愁懷遠之情，如晚唐溫庭筠《更漏子》詞：「梧桐樹，三更雨，不道離情正苦。一葉葉，一聲聲，空階滴到明。」曲則不然，曲貴通俗流麗，如此曲主旨同溫詞一致，而風味不同。

王舉之

王舉之，生平不詳。居杭州，與錢惟善、胡存善等交好。散曲今存小令十三首，套數五篇。

【雙調．折桂令】贈胡存善[1]

問哈蜊風致何如[2]，秀出乾坤，功在詩書。雲葉輕靈，靈華纖膩，人物清臞[3]。採燕趙天然麗語，[4]拾姚盧肘後明珠[5]。絕妙功夫，家住西湖[6]，名播東都[7]。

七夕

鵲橋橫低蘸銀河，[8]鸞帳飛香[9]，鳳輦凌波[10]。兩意綢繆[11]，一宵恩愛，萬古蹉跎。剖犬牙瓜分玉果[12]，吐蛛絲巧在銀盒。[13]良夜無多，今夜歡娛，明夜如何？

注釋

1 胡存善：胡正臣之子。鍾嗣成《錄鬼簿》載，正臣善唱詞曲，「其子存善能繼其志」。

2 哈（gé）蜊：一種貝類，肉質鮮美，被稱為「百味之冠」。元曲家因曲之風味有別於正統的詩、詞，乃以哈蜊比擬之。如鍾嗣成《錄鬼簿・自序》有：「吾黨且啖哈蜊，別與知味者道。」

3 清臒：清瘦。

4 「採燕趙」句：指廣泛吸取各家之長。因早期元曲家多為河北、陝西、山東、山西一帶的人，故乃以「燕趙」統稱之。

5 姚盧：指姚燧、盧摯，兩人都是當時影響較大的散曲作家。

6 家住西湖：據《錄鬼簿》載，胡存善係杭州人。

7 東都：本指洛陽，這裏借指開封。

8 「鵲橋」句：傳說七夕之日，所有的喜鵲聚集起來，在銀河上搭成一座橋，以便牛郎、織女相會，故稱鵲橋。

9 鸞帳：夫婦同寢時的牀帳。

10 鳳輦：鳳凰所拉或有鳳飾之車，乃華貴之車，此指織女乘坐的車。凌波：形容女子步履輕盈。

11 綢繆：情意纏綿。

12 瓜分玉果：七夕舊俗，民間常陳瓜果於庭。

13「吐蛛絲」句：七夕夜，民間女子常用小盒裝蜘蛛，開啟見網圓美，謂「得巧」。

賞析與點評

王舉之這兩首曲子一是題贈，一是題詠牛郎織女。其中《贈胡存善》一曲為我們保留了當時許多重要資料。首先是胡存善應是當時著名的元曲選家，對傳播元曲起了很大的作用；其次是王舉之本身對元曲的看法是「秀出乾坤，功在詩書」，認為散曲創作不亞於傳統詩文，這種觀念是極為進步的。

賈固

賈固，生卒年不可考，字伯堅，沂州（今山東省臨沂市）人。曾官揚州路總管、中書左參政。善樂府，諧音律，而散曲僅存小令一支。

【中呂・醉高歌過紅繡鞋】寄金鶯兒[1]

【醉高歌】樂心兒比目連枝[2]，肯意兒新婚燕爾[3]。畫船開拋閃的人獨自[4]，遙望關西店兒[5]。【紅繡鞋】黃河水流不盡心事，中條山隔不斷相思[6]，當記得夜深沉、人情悄、自來時。來時節三兩句話，去時節一篇詩，記在人心窩兒裏直到死。

注釋

1 據《青樓集》載，賈固任山東僉憲時，屬意歌伎金鶯兒，與之交好。後除西臺御史，不能忘情，乃作《醉高歌過紅繡鞋》以寄之，因被劾罷官。

2 比目連枝：指比目魚、連理枝。

3 肯意兒：情投意和。新婚燕爾：語本《詩經．邶風．穀風》：「燕爾新婚，如兄如弟。」燕爾，和悅相得之意。

4 抛閃：抛棄。

5 關西：指潼關以西。

6 中條山：在山西西南部，黃河、涑水河和沁河間。

賞析與點評

這首寄贈曲乃是賈固離別金鶯兒之後寫給她的，曲家飽含真情，發自肺腑地抒發了對金鶯兒的熱戀與思念之情，這種直率、袒露出自一個御史官對一個風塵女子，尤為難得，難怪會為人所彈劾。

周德清

周德清（一二七七—一三六五），字日湛，號挺齋，高安（今江西省高安市）人，北宋詞人周邦彥後裔。工樂府，精音律。元代著名的音韻學家、戲曲家，終生未仕，著有《中原音韻》，為北曲立法，也為後人研究音韻學留下寶貴資料。賈仲明《錄鬼簿續編》稱讚他說：「長篇短章，悉可為人作詞之定格。故人皆謂：德清之韻，不但中原，乃天下之正音也，德清之詞，不惟江南，實天下之獨步也。」可謂推崇至極。今存小令三十一首，套數三篇。

【中呂・滿庭芳】看岳王傳[1]

披文握武[2]，建中興宙宇[3]，載青史圖書[4]。功成卻被權臣妒，[5]正落奸謀。

閃殺人望旌節中原士夫[6]，誤殺人棄丘陵南渡鑾輿[7]。錢塘路，愁風怨雨，長是灑西湖[8]。

誤國賊秦檜

官居極品[9]，欺天誤主，賤土輕民。把一場和議為公論，妨害功臣。通賊虜懷奸誑君，那些兒立朝堂仗義依仁[10]！英雄恨，使飛雲倖存[11]，那裏有南北二朝分。

注釋

1 周德清作《滿庭芳》四首，分別以岳飛、韓世忠、秦檜、張俊等歷史人物為題，今選其二。

2 披文握武：岳飛為南宋初期抗金的名將，平素也喜好文學。《宋史》本傳說他「好賢禮士，覽經史，雅歌投壺，恂恂如書生」。

3 建中興廟宇：建立了中興的事業。廟宇，指宗廟社稷。岳飛於紹興十年（一一四一）與金兀術對壘，連戰連捷，中原大震，進軍朱仙鎮，直逼開封，兩河豪傑皆願歸其統制，金軍內部也多瓦解動搖。

4 青史：史書。古人用竹簡記事，在刻寫之前，先須用火加以處理，是乃「殺青」，所以叫青史。

5 「功成」句：權臣，指秦檜。檜於紹興十一年，以「莫須有」的罪名，殺害岳飛於風波亭上，時岳飛年三十九歲。

6 閃殺：拋棄，拋撇。閃殺人指代中原百姓。旌節：指旌旗儀仗。士夫：泛指人民。此句言中原淪陷區的人民日夜盼望宋師北伐，恢復中原。

7 誤殺人：指棄國逃亡的皇帝。棄丘陵：拋棄國土。鑾輿：皇帝的車駕，代指皇帝。此句言宋高宗趙構逃到杭州，偏安江左，不思恢復。

8 錢塘路：錢塘一帶。岳飛在此遇難，後葬今杭州西（原為錢塘縣）棲霞嶺下、西子湖旁。故云「愁風怨雨，長是灑西湖」。

9 極品：最高品級的官，指宰相。宋高宗紹興元年，秦檜拜相。

10 那些兒：哪有一點兒，激憤語。

11 使飛雲倖存：假使岳飛、岳雲還僥倖活着的話。岳雲，岳飛養子，英勇善戰，與岳飛一同被秦檜殺害。

賞析與點評

這兩首曲都是吟詠歷史人物，一詠岳飛，一詠秦檜，兩者剛好形成對照。曲家將敍事與議論融合起來，在曲中大發議論，高抒己見，感情鮮明，鏗鏘有力，為曲中少見。曲家也藉岳飛和秦檜的對比抒發了自己的愛國之情。

【中呂·紅繡鞋】郊行

茅店小斜挑草稕[1]，竹籬疏半掩柴門。一犬汪汪吠行人。題詩桃葉渡[2]，問酒杏花村[3]，醉歸來驢背穩。[4]

又

雪意商量酒價，[5]風光投奔詩家，準備騎驢探梅花。[6]幾聲沙嘴雁[7]，數點樹頭鴉，說江山憔悴煞。

注釋

1 草稕：舊時酒家的標誌，捆束的草稈，用草或布綴於竿頭，懸在店門前，招引遊客，俗稱「望子」。

2 題詩桃葉渡：《古樂府注》：「王獻之愛妾名桃葉，嘗渡此。獻之作歌送之曰：『桃葉復桃葉，渡江不用楫。但渡無所苦，我自迎接汝。』」

3 問酒杏花村：杜牧《清明》詩：「借問酒家何處有，牧童遙指杏花村」。後即以「杏花村」指酒家。

4 「醉歸來」句：這裏暗用孟浩然、李賀等人騎驢尋詩的故事。

5 「雪意」句：是說天氣像是要下雪，估計酒價也要提高一些。

6 「準備」句：這裏用孟浩然騎驢踏雪、尋梅詠詩的典故。

7 沙嘴：沙洲突出於水中的地方。

賞析與點評

周德清這兩首《紅繡鞋》寫自己郊遊作詩之事，乃是其日常生活寫照，曲家暗用王獻之、孟浩然、李賀、杜牧諸典，表明其詩興之濃、詩意之高，也暗寓了樂享隱逸生活之情。

【雙調・蟾宮曲】別友

倚蓬窗無語嗟呀[1]，七件兒全無[2]，做甚麼人家。柴似靈芝，油如甘露，米若丹砂。[3]醬甕兒恰才夢撤[4]，鹽瓶兒又告消乏。茶也無多，醋也無多。七件事尚且艱難，怎生教我折柳攀花[5]。

注釋

1 蓬窗：用蓬草遮攔起來的窗戶，形容家庭貧寒。嗟呀：歎息。

2 七件兒：即七件事，指日常生活中的七種必需品。宋吳自牧《夢粱錄》：「蓋人家每日不可缺者，柴、米、油、鹽、醬、醋、茶。」又武漢臣《玉壺春》雜劇：「早晨起來七件事，油鹽柴米醬醋茶。」

3 靈芝：仙草，古人認為服它可以長壽。甘露：甜美的露水。古人認為天下太平，上天才降甘露。丹砂：即朱砂，道家以此煉丹，認為服食它可以延年益壽。「柴似」三句極言柴、油、米之缺乏。

4 夢撤：本意為散失，此與下句「消乏」互文，都是用完之意。

5 折柳攀花：本指出入青樓歌館、追歡買笑，此指逍遙放誕、無拘無束的生活。

賞析與點評

周德清這首曲子感歎自己貧困的生活境遇。曲家運用誇張的藝術手法，實際上展示了當時下層士人的艱難生活。讀書人尚且如此，普通民眾可想而知。曲中之深意似乎在此。

【正宮·塞鴻秋】潯陽即景

長江萬里白如練[1]，淮山數點青如澱[2]，江帆幾片疾如箭，山泉千尺飛如電。晚雲都變露，新月初學扇[3]，塞鴻一字來如線[4]。

又

灞橋雪擁驢難跨[5]，剡溪冰凍船難駕[6]，秦樓美醞添高價[7]，陶家風味都閒話[8]。羊羔飲興佳，金帳歌聲罷，[9]醉魂不到藍關下[10]。

注釋

1 練：白色的絹。化用謝朓《晚登三山還望京邑》：「餘霞散成綺，澄江靜如練。」

2 淮山：指淮水兩岸的山。澱：同「靛」，青藍色的染料。

3 新月初學扇：言新出之月，欲圓未圓。扇，團扇。班婕妤《怨歌行》：「裁成合歡扇，團團似明月。」

4 塞鴻：自邊地飛來的鴻雁。

5 灞橋：在長安東，為送別之處。北宋黃徹《碧溪詩話》載：「或問鄭綮相國近有詩否？答云：『詩思在灞橋風雪中驢背上。』」此即化用其意。

6 剡溪：水名，在浙江嵊縣南。這裏用晉王徽之雪夜訪戴逵事。

7 秦樓：歌館妓院。美醞：美酒。

8 陶家風味：指宋學士陶穀同小妾取雪水烹茶，當時文壇傳為佳話。

9 「羊羔」兩句：北宋名將党進每逢雪天，多在銷金帳內飲羊羔酒。參見呂止庵《仙呂・後庭花》注釋3。

10 藍關：即藍田關，韓愈《左遷至藍關示姪孫湘》詩云：「一封朝奏九重天，夕貶潮州路八千。欲為聖明除弊事，肯將衰朽計殘年。雲橫秦嶺家何在，雪擁藍關馬不前。知汝遠來應有意，好收吾骨瘴江邊。」

賞析與點評

這兩首曲子首四句都運用了聯璧對，對仗極為工穩。前一首寫潯陽晚秋之景，所寫景物由遠至近，由大至小，層次十分分明，加以顏色和動作的對比，勾描出一幅動態的潯陽秋景圖，乃寫景曲中的佳作。

【中呂・朝天子】秋夜客懷

月光，桂香，趁着風飄蕩。砧聲催動一天霜[1]，過雁聲嘹亮。叫起離情，敲殘愁況。夢家山[2]，身異鄉。夜涼，枕涼，不許愁人強[3]。

注釋

1 砧聲：擣衣之聲。

2 家山：即故鄉。

3 強（粵：弶；普：jiàng）：執拗，不順從的意思。

賞析與點評

這是一首思鄉曲。曲家運用濃縮的典型意象如月光、砧聲、雁聲等，構築了濃烈的秋夜思鄉的情境，如此情境之下，遊子的思鄉之情便濃郁得化不開了。全曲語言凝練秀美，有聲有色，誠屬曲中上品。

鍾嗣成

鍾嗣成，（約一二七九—約一三六〇），字繼先，號醜齋，大梁（今河南開封）人，寓居杭州。屢試不中。元順帝時，編撰《錄鬼簿》二卷，記載了元代雜劇作家及一些散曲作家的小傳和劇目，是研究元曲最重要的文獻。作有雜劇《章臺柳》等七種，均佚。今存小令五十九首，套數一套。

【正宮・醉太平】

風流貧最好，村沙富難交[1]。拾灰泥補砌了舊磚窯，開一個教乞兒市學[2]。裏一頂半新不舊烏紗帽[3]，穿一領半長不短黃麻罩，繫一條半聯不斷皂環條[4]，做一個窮風月訓導[5]。

又

繞前街後街，進大院深宅，怕有那慈悲好善小裙釵[6]，請乞兒一頓飽齋。與乞兒繡副合歡帶[7]，與乞兒換副新鋪蓋，將乞兒攜手上陽臺[8]，設貧咱波奶奶[9]！

注釋

1 村沙：狠毒、貪婪。此句是說貪婪狠毒的富紳很難交往。
2 市學：收取學費的私人學校。
3 烏紗帽：隋唐貴者多服烏紗帽，其後上下通用，又漸廢為折上巾，烏紗帽成為閒居的常服。
4 半聯不斷皂環絛：破舊的黑腰帶。
5 風月：本指清風明月等美好的景色，後喻男女情愛。訓導：古代學官名。
6 怕有：或許有。裙釵：女子的代稱。
7 合歡帶：繡有花卉的帶子，表示男女同歡結盟，多為新婚時所繫。
8 將：與，和。陽臺：宋玉《高唐賦》述及楚王與仙女歡會事：「妾在巫山之陽，高丘之岨，旦為朝雲，暮為行雨，朝朝暮暮，陽臺之下。」後代指男女合歡之所。
9 設貧：救濟窮人。咱波：語氣助字，表祈求、希望語氣。

賞析與點評

鍾嗣成這兩首《醉太平》，一寫窮風月訓導，一寫風流乞兒，模擬其口吻，曲語幽默諧趣，讀來荒誕不經。然而深入體察，在元時社會，這兩者身上都有曲家這樣的窮文人的身影在內，這樣一來，荒誕中又飽含一種心酸，產生了別樣的尖新效果。

【雙調·清江引】[1]

到頭那知誰是誰，倏忽人間世[2]。百年有限身[3]，三寸元陽氣[4]，早尋個穩便處閒坐地。

又

秀才飽學一肚皮，要佔登科記[5]。假饒七步才[6]，未到三公位[7]，早尋個穩便處閒坐地。

又

鳳凰燕雀一處飛[8]，玉石俱同類。分甚高共低，辨甚真和偽？早尋個穩便處閒坐地。

注釋

1 鍾嗣成作有十首《清江引》，此選其中三首。

2 倏忽：很快，一下子。

3 百年有限身：人生有限，即使活到一百年，也只是短暫的一瞬。

4 元陽氣：指生命的本原，即所謂「元氣」。元時俗語有「三分氣在千般用，一旦無常萬事休」。

5 登科記：科舉時代把考中進士的人按名次登記在冊上，叫「登科記」。

6 假饒：即使。七步才：形容才思十分敏捷。

7 三公位：西漢以大司馬、大司徒、大司空為三公，後世三公名稱有所變化，後常用以泛指輔助國君掌握軍政大權的最高官員。

8 鳳凰燕雀一處飛：比喻良才、庸才一起被錄用，不分良莠。

賞析與點評

這三首《清江引》表現的都是人生短暫、空幻如夢，及早抽身、全身遠禍的思想，這種思想正是當時元代社會士人中較為普遍的一種思想，也在某種程度上反映了社會的黑暗與混亂。

【雙調・凌波仙】弔周仲彬[1]

丹墀未知玉樓宣[2]，黃土應埋白骨冤。羊腸曲折雲更變[3]。料人生亦惘然，歎孤墳落日寒煙。竹下泉聲細，梅邊月影回，因思君歌舞十全。

注釋

1 鍾嗣成曾以《凌波仙》分別憑弔宮大用、鄭德輝等十七位元曲家，此選其一。

2 丹墀：古代宮殿前的臺階都以紅色塗飾，故名。後多用以代指宮殿。玉樓宣：據李商隱《李賀外傳》，李賀臨終時，曾見一紅衣使者，云天帝白玉樓成，召其為記事。後指文人夭逝。

3 羊腸：喻人生道路。雲更變：比喻命運變化。

賞析與點評

鍾嗣成在《錄鬼簿》中憑弔了每位已故同輩曲家，具有十分重要的史料價值。選曲乃憑弔周仲彬之作，曲家為周仲彬的坎坷命運而深表同情，同時又深情回憶了兩人的交往情況。在感慨人生命運之時，曲中也蘊藉了曲家自己的影子在內。

周浩

周浩，或作周誥，與鍾嗣成同時代人。生平不詳。其散曲僅存小令一首，為讚鍾氏《錄鬼簿》所作。

【雙調・蟾宮曲】題《錄鬼簿》

想貞元朝士無多[1]，滿目江山，日月如梭。上苑繁華[2]，西湖富貴[3]，總付高歌。麒麟塚衣冠坎坷[4]，鳳凰城人物蹉跎[5]。生待如何？死待如何？紙上清名，萬古難磨。[6]

注釋

1 **貞元**：唐德宗年號，時用二王革新，事敗，諸人皆遠貶各地。後劉禹錫歸朝，大感物是人非，其《聽舊宮中樂人穆氏唱歌》詩云：「曾隨織女渡天河，記得雲間第一歌。休唱貞元供奉曲，當時朝士已無多。」朝士，指朝廷官員，此處是用「貞元朝士」比擬前代元曲名家。

2 **上苑**：皇帝玩樂、遊獵之所。此指大都（今北京）。

3 **西湖**：代指杭州。當時大都與杭州是元曲作家兩大創作中心。

4 **麒麟塚**：王侯貴族的墳墓。**衣冠**：代指名門望族。

5 **鳳凰城**：鳳城，指京城。

6 **「紙上清名」兩句**：讚揚鍾嗣成著成《錄鬼簿》，可以萬古流名。

賞析與點評

鍾嗣成《錄鬼簿》著錄諸曲家均屬身份卑微、職位低微然而才華突出之人，鍾嗣成認為這些「已亡名公才人」為「不死之鬼」，乃作《錄鬼簿》。周浩讀完之後，深感認同，並將這些「已亡名公才人」同王侯貴族作對比，指出惟有才名才能萬古不朽的至理。此曲即為此而作。

汪元亨

汪元亨，生卒年不詳。字協貞，號雲林，別號臨川佚老。饒州（今江西省鄱陽市）人。元至正間出仕浙江省掾，後徙居常熟。賈仲明《錄鬼簿續編》有「至正間，與余交於吳門」之語，知其和賈仲明同時代，為元代後期曲家。所作雜劇有《斑竹記》、《仁宗認母》、《桃源洞》三種及南戲《父子夢欒城驛》，均失傳。散曲今存《小隱餘音》，小令一百首，套數一篇。

【正宮·醉太平】警世[1]

辭龍樓鳳闕，納象簡烏靴[2]。棟樑材取次盡摧折，況竹頭木屑[3]。結知心朋友着疼熱，遇忘懷詩酒追歡說[4]，見傷情光景放癡呆[5]。老先生醉也。

又

憎蒼蠅競血[6]，惡黑蟻爭穴。急流中勇退是豪傑，不因循苟且。歎烏衣一旦非王謝[7]，怕青山兩岸分吳越[8]，厭紅塵萬丈混龍蛇[9]。老先生去也。

又

結詩仙酒豪[10]，伴柳怪花妖[11]。白雲邊蓋座草團瓢[12]，是平生事了。曾閑門不受徵賢詔[13]，自休官懶上長安道[14]，但探梅常過灞陵橋[15]。老先生俊倒[16]。

注釋

1 汪元亨作《醉太平》二十首，均載《雍熙樂府》，總題為「警世」，此選其中三首。唐、宋以來，稱呼達官顯宦為「老先生」，元代稱京官為「老先生」。此乃自稱。

2 龍樓鳳闕：帝王的宮殿，代指朝廷。象簡：象笏。烏靴：官靴。象簡烏靴，指代官宦生活。這兩句都是辭官之意。

3 取次：任意，隨便。竹頭木屑：可供利用的廢置之材。

4 忘懷：可以相互忘情的朋友。此句與上句「結知心朋友」互文。說：通「悦」。

5 放癡呆：裝癡呆。

6 蒼蠅競血：像蒼蠅爭舔血腥一樣。比喻為爭權奪利而做可鄙之事。後一句的「黑蟻爭穴」意思相近。

7 烏衣：烏衣巷，在今南京市東南。東晉時王、謝諸望族曾居於此。

8 吳、越是戰國時兩個互為仇敵的國家，用來比喻敵對的勢力。

9 混龍蛇：比喻好壞不分，賢愚莫辨。

10 結詩仙酒豪：指結交一些詩朋酒友。詩仙，李白；酒豪，劉伶。

11 伴柳怪花妖：此處柳、花都比喻青樓歌伎。

12 草團瓢：圓形的草屋，也叫「草團標」。

13 徵賢詔：徵用賢才的詔書。《晉書・王裒傳》：「（裒）隱居教授，三徵七辟，皆不就。」

14 長安道：京城之路，比喻爭名奪利的場所。

15 灞陵：漢文帝的陵墓，在長安城東，附近有灞橋，乃當時人們經常送別的地方。

16 俊倒：笑煞，十分高興。

賞析與點評

汪元亨這三首《醉太平》都是警世歎時之作。三首曲子有一個共同的主題就是奉勸執迷的世人看破名利，掙脱枷鎖。人生苦短，何不樂享自由？曲家自己曾擔任過小吏，如此感悟當是自己經驗所得，這種感悟也是當時士大夫的一種普遍意緒。

【雙調・雁兒落過得勝令】歸隱[1]

【雁兒落】閒來無妄想，靜裏多情況。物情螳捕蟬[2]，世態蛇吞象[3]。【得勝令】直志定行藏[4]，屈指數興亡。湖海襟懷闊，山林興味長。壺觴，夜月松花釀[5]；軒窗，秋風桂子香。

又

山翁醉似泥[6]，村酒甜如蜜。追思蒓與鱸[7]，撥置名和利。雞鶩亂爭食[8]，鷸蚌任相持[9]。風雪雙蓬鬢，乾坤一布衣[10]。驅馳，塵事多興廢；依棲，雲林少是非。

注釋

1 汪元亨作《雁兒落過得勝令・歸隱》共二十首，今選其中二首。

2 物情螳捕蟬：世情就是強者欺侮弱者。《說苑・正諫》：「園中有樹，其上有蟬，蟬高居悲鳴飲露，不知螳螂在其後也；螳螂委身曲附欲取蟬，而不知黃雀在其後也。」

3 世態蛇吞象：世態人心都是貪得無厭、永不滿足。《山海經・海內南經》：「巴蛇吞象，三歲而出其骨。」

4 行藏：出仕和退隱。《論語・述而》：「用之則行，捨之則藏。」

5 松花釀：一種淡黃色的酒，又叫「松醪」。

6 山翁醉似泥：化用李白《襄陽歌》詩：「傍人借問笑何事，笑殺山翁醉似泥。」山翁本指晉代山簡，好酒聞名。本句中「山翁」乃自指。

7 追思蒓與鱸：此用晉張翰因秋風起而想起家鄉的蒓羹和鱸魚膾，於是掛冠歸田的典故。參見姚燧《中呂・醉高歌・感懷》注釋4。蒓，一種多年生水草，嫩葉可燒湯，甚鮮美。

8 雞鶩亂爭食：比喻平庸的人為一丁點利益而爭鬥。《楚辭・九章・懷沙》：「鳳凰在笯兮，雞鶩翔舞。」鶩，鴨子。

9 鷸（粵：聿；普：yù）蚌任相持：比喻雙方為爭奪利益，相持不下。

10 化用杜甫《江漢》詩：「江漢思歸客，乾坤一腐儒。」

賞析與點評

汪元亨在官場中過得並不舒心，估計歷經頗多坎坷，所以他創作了數十首歸隱曲來表現自己厭惡官場爭鬥，渴望歸隱田園的真實想法。這兩首帶過曲表現其隱逸之志，均批判了官場爾虞我詐的黑暗現象，也看透了世態人心，而對田園生活則十分讚頌與神往。

【雙調・沉醉東風】歸田[1]

遠城市人稠物穰[2]，近村居水色山光。薰陶成野叟情[3]，鏟削去時官樣[4]，演習會牧歌樵唱。老瓦盆邊醉幾場[5]，不撞入天羅地網[6]。

又

達時務呼為俊傑，棄功名豈是癡呆。腳不登王粲樓[7]，手莫彈馮諼鋏[8]，賦歸來竹籬茅舍。古今陶潛是一絕，為五斗腰肢倦折[9]。

注釋

1 汪元亨作《雙調・沉醉東風・歸田》共二十首，今選其中二首。
2 人稠物穰（粵：羊；普：ráng）：人口稠密，物品豐富。
3「薰陶」句：因受野叟的感染和陶冶，養成野叟似的情性。野叟，野老、老農。
4 時官樣：官場流行的官架子。
5 老瓦盆：粗陋的陶製酒器。
6 天羅地網：比喻無所不在、充滿陷阱的官場和名利場。
7 王粲：漢末文學家。西京喪亂，他避難荊州，投靠劉表，未被重用，於是作《登樓賦》抒發怀才不遇的落寞情懷。因其主旨仍是熱衷於功名，故此云「腳不登王粲樓」。
8 手莫彈馮諼鋏：戰國四公子之一的孟嘗君善養士，馮諼為其門客時不受待見，曾彈鋏長歌，希望得到重視。因馮諼也是追求事功的，故此云「莫彈」。
9 陶潛因為不願為五斗米折腰，所以辭官歸田。此處曲家藉陶潛自比。

賞析與點評

這組《沉醉東風・歸田》均作於曲家歸隱之後，久困官場的他終於得享自由，有如陶淵明辭官歸田一樣，內心充滿了激動和暢快。所選兩曲感情基調也是如此，曲家在曲中盡情頌揚了田園之樂，表達了遠離官場和名利場的慶倖與解脱。

【中呂・朝天子】歸隱

長歌詠楚辭，細賡和杜詩[1]，閒臨寫羲之字[2]。亂雲堆裏結茅茨[3]，無意居朝市。珠履三千，金釵十二，[4]朝承恩暮賜死。採商山紫芝，[5]理桐江釣絲，[6]畢罷了功名事。

注釋

1 賡和：續和。杜詩：唐代大詩人杜甫之詩。

2 羲之：東晉大書法家王羲之。

3 茅茨：茅草搭成的房子。

4 「珠履」兩句：《史記・春申君列傳》説楚春申君有客三千餘人，「上客皆躡珠履」。《山唐肆考》載，唐牛僧孺家有金釵十二行。此處形容權貴豪族的富奢和姬妾的眾多。

5「採商山」句：指西漢隱士商山四皓。

6「理桐江」句：東漢嚴子陵隱居桐廬，垂釣桐江。

賞析與點評

這首曲也是寫歸隱，曲家極力歌詠歸隱後生活的閒適與愜意，並與命運朝不保夕的豪富家族作對比，指出這種逍遙和自由的難得，奉勸人們及早抽身，遁世歸隱。

一分兒

一分兒，生平不詳。姓王，大都（今北京）歌伎。今存散曲小令一首。

【雙調・沉醉東風】[1]

紅葉落火龍褪甲，青松枯怪蟒張牙。可詠題，堪描畫，喜觥籌席上交雜[2]。答剌蘇頻斟入禮廝麻[3]，不醉呵休扶上馬。

注釋

1 元夏庭芝《青樓集》載：「一日，丁指揮會才人劉士昌、程繼善等於江鄉園小飲。王氏佐樽。時有小姬歌《菊花會》南呂曲云：『紅葉落火龍褪甲，青松枯怪蟒張牙。』

丁曰：『此《沉醉東風》首句也，王氏可足成之。』王應聲曰……。一座歎賞，由是聲價愈重焉。」由此看來，此曲乃王氏即席而成，可見其聰慧。

2 觥籌：酒杯和酒令籌。

3 答剌蘇：蒙古語，酒。禮廝麻：蒙古語，杯。

楊維楨

楊維楨（一二九六—一三七〇），字廉夫，號鐵崖、鐵笛道人、鐵冠道人等，晚年自號老鐵、東維子。會稽（今浙江紹興）人。泰定四年進士。歷官天臺縣尹、杭州四務提舉、建德路總管推官。元末農民起義爆發，楊維楨避寓富春江一帶，張士誠屢召不赴，後隱居江湖，在松江築園圃蓬臺。江南才俊造門拜訪者不絕。楊維楨為元代詩壇領袖，因「詩名擅一時，號鐵崖體」，在元文壇獨領風騷四十餘年。著有《東維子文集》、《鐵崖先生古樂府》等。今存小令一支，套數一篇。

【中呂・普天樂】[1]

十月六日，雲窩主者設燕於清香亭，侑巵者東平玉無瑕張氏也。酒半，張氏乞予樂章，為賦《雙飛燕》調，俾度腔行酒，以佐主賓之歡。

玉無瑕[2]，春無價，清歌一曲，俐齒伶牙。斜簪鬏髻花[3]，緊嵌凌波襪，玉手琵琶彈初罷。怎教他，流落天涯，抱來帳下。梨園弟子[4]，學士人家。

注釋

1 按楊維楨《序》，此曲稱《雙飛燕》，徐沁君先生根據格律認為即《中呂・普天樂》，隋樹森先生從之，改調名。

2 玉無瑕：從序曲可知，應為張氏歌女的外號。

3 鬏髻（粵：替繼；普：tì jì）：假髮髻。鬏，通「髢」。

4 梨園弟子：唐玄宗通音律，好歌舞，嘗選子弟三百，教於梨園，號「皇帝梨園弟子」。後世以歌舞、戲劇為業者皆稱梨園弟子。

賞析與點評

這首曲乃是即席創作，以助宴席之興。曲子當然以褒揚為基調，誇讚歌女張氏色藝出衆，並且故意設置疑問：如此人才怎會流落天涯？從另一角度推進之前的讚揚，可謂妙筆。

倪瓚

倪瓚（一三〇一——一三七四），字元鎮，自號風月主人，又號雲林子、滄浪漫士、淨名庵主等，無錫（今江蘇無錫）人。生平未曾出仕。自幼讀書，過目不忘。家有清閟閣，多藏法書、名畫、祕籍。元代大書畫家，善詩，自然天成，又善琴操，精音律。至正初散盡家財，棄家隱居太湖三泖間，與楊維楨、顧仲瑛等相唱和。自稱懶瓚，亦稱倪迂。有《清閟閣集》，今存小令十二首。

【黃鐘·人月圓】

傷心莫問前朝事，重上越王臺[1]，鷓鴣啼處[2]，東風草綠，殘照花開。悵然孤嘯，青山故國，喬木蒼苔。當時月明，依依素影[3]，何處飛來？

又

驚回一枕當年夢，漁唱起南津[4]。畫屏雲嶂[5]，池塘春草[6]，無限消魂。舊家應在，梧桐覆井，楊柳藏門。閒身空老，孤篷聽雨，燈火江村。

注釋

1 越王臺：當是越王句踐所築的臺榭。
2 鷓鴣啼處：李白《越中覽古》：「宮女如花滿春殿，只今惟有鷓鴣飛。」這裏用其意。
3 依依：隱約的樣子。素影：指明月。
4 漁唱：漁歌。
5 嶂：屏障似的山峰。
6 池塘春草：謝靈運《登池上樓》：「池塘生春草，園柳變鳴禽。」

賞析與點評

倪瓚晚年隱居江湖之間，常常追懷故國，抒發愁思。這兩首《人月圓》抒發的都是故國之思，高古蒼涼，風味與詠史詩詞略同。

【越調·小桃紅】秋江

一江秋水澹寒煙，水影明如練，眼底離愁數行雁。雪晴天，綠蘋紅蓼參差見[1]。吳歌蕩槳，一聲哀怨，驚起白鷗眠。

又

五湖煙水未歸身，[2]天地雙蓬鬢。白酒新篘會鄰近[3]。主酬賓，百年世事興亡運。青山數家，漁舟一葉，聊且避風塵。

注釋

1 綠蘋：蕨類植物，生淺水中，葉柄長，頂端生四片小葉，又稱田字草。紅蓼：草本植物，生水邊，花白色或淺紅色。參差：長短不齊的樣子。

2 「五湖煙水未歸身」句：暗用范蠡功成身退、歸隱五湖的典故。

3 新篘：新過濾。

賞析與點評

倪瓚這兩首《小桃紅》描摹的都是秋日江色，前一首重白描，後一首重感發，藉秋江圖抒發遨遊江湖之樂。前一首描摹秋江景色，層次分明，配色鮮明，不愧是畫家兼詩人手筆，乃是一幅充滿詩意的着色山水圖。

夏庭芝

夏庭芝，生卒年不詳。字伯和，一作百和，號雪蓑，別署雪蓑釣隱，一作雪蓑漁隱。松江（今上海松江市）人。文章妍麗，樂府隱語極多。曾追憶舊遊，著《青樓集》，為研究元曲演唱的重要資料。與當時曲家張鳴善、郝經、鍾嗣成等交善。散曲今存小令二首。

【雙調・水仙子】贈李奴婢[1]

麗春園先使棘針屯[2]，煙月牌荒將烈焰焚[3]，實心兒辭卻鶯花陣[4]。誰想香車不甚穩，柳花亭進退無門。夫人是夫人分，奴婢是奴婢身，怎做夫人？

注釋

1 據《青樓集》載，李奴婢色藝絕倫，嫁與一蒙古官員，但終被休還。當時名公士大夫多為此題贈樂府等。夏庭芝這首《水仙子》也是以此事為題。

2 麗春園：即麗春院，名妓蘇卿住處，後泛指妓院。屯：滿佈。

3 煙月牌：妓女花牌。

4 鶯花陣：妓院的代稱。

劉庭信

劉庭信，生卒年不詳。先名廷玉，排行第五，身長而黑，人稱黑劉五，益都（今山東益都縣）人。鍾嗣成《錄鬼簿》說他「風流蘊藉，超出倫輩。風晨月夕，惟以填詞為事，信口成句，能道人所不能道者」。今存世小令三十九首，套數七篇。

【越調・寨兒令】戒嫖蕩[1]

掂折了玉簪[2]，摔碎了瑤琴[3]，若提着娶呵我倒碜。[4]一去無音，那裏荒淫。拋閃我到如今。他咱行無意留心[5]，咱他行白甚情深。[6]則不如把花箋糊了線貼，裁羅帕補了鴛衾，剪下的青絲髮換了鋼針。

注釋

1 劉庭信所作《寨兒令》凡十五首，總題為「戒嫖蕩」，此選其中之一。

2 掂折：折斷。《董西廂》卷八：「斑管雖圓被風裂，玉簪更堅也掂折。」

3 瑤琴：飾以美玉的琴。

4「若提着」句：是說如果提到娶我為妻一類的話，簡直令我感到牙磣。

5 他咱行：他那裏。咱，句尾語氣助詞，無實際意義。

6「咱他行」句：意謂我因為他白白地浪費了那麼多的感情。

賞析與點評

這首曲子乃是女子對負心男子的控訴，情感激烈，與生活聯繫緊密，又多以俚言俗語入曲，俏麗尖新，正是曲之當行本色。

【雙調・水仙子】相思

秋風颯颯撼蒼梧，秋雨瀟瀟響翠竹，秋雲黯黯迷煙樹。三般兒一樣苦。苦的人魂魄全無。雲結就心間愁悶，雨少似眼中淚珠[1]，風做了口內長吁[2]。

又

恨重疊、重疊恨、恨綿綿、恨滿晚妝樓。愁積聚、積聚愁、愁切切、愁斟碧玉甌[3]。懶梳妝、梳妝懶、懶設設、懶爇黃金獸[4]。淚珠彈、彈珠淚、淚汪汪、汪汪不住流。病身軀、身軀病、病懨懨[5]，病在我心頭。花見我、我見花、花應憔瘦。月對咱、咱對月、月更害羞。與天說、說與天、天也還愁。

注釋

1 少似：恰似。

2 長吁：長歎。

3 碧玉甌：碧玉製成的酒杯。

4 爇（粵：乙；普：ruò）：點燃，燃燒。黃金獸：飾以黃金色的獸形香爐，此指香。

5 懨懨：有病的樣子。

賞析與點評

這兩首相思曲差別較大。第一首巧妙地構建了兩組鼎足對，重疊秋風、秋雨、秋雲，將自然界的現象同人的意緒結合起來，想像奇特，動人心魄。第二首運用了反覆體，將離別及別後之相思種種情境鋪設得非常詳盡，情感也就集聚濃郁了。兩首曲寫法都比較新穎，都將相思渲染得淋漓盡致。

【雙調·折桂令】憶別

想人生最苦離別，唱到陽關[1]，休唱三疊。急煎煎抹淚揉眵[2]，意遲遲揉腮撧耳[3]，呆答孩閉口藏舌[4]。情兒分兒你心裏記者，病兒痛兒我身上添些，家兒活兒既是拋撇，書兒信兒是必休絕。花兒草兒打聽的風聲[5]，車兒馬兒我親自來也！

又

想人生最苦離別，經過別離，才識別離。早晨間少婢無奴，晌午後尋朋覓友，到黃昏憶子思妻。咚咚咚鼓聲動心忙意急，支支支角聲哀魂散魄飛。鐘聲兒緊緊的相隨，漏聲兒點點的臨逼。想平生受過的淒涼，呆答孩軟了身己[6]。

又

想人生最苦離別，雁杳魚沉[7]，信斷音絕。嬌模樣甚實曾丟抹[8]，好時光誰曾受用，窮家活逐日綳拽[9]。才過了一百五日上墳的日月，早來到二十四夜祭灶的時節[10]。篤篤寞寞終歲巴結[11]，孤孤另另徹夜咨嗟[12]。歡歡喜喜盼的他回來，淒淒涼涼老了人也。

注釋

1 陽關：陽關曲。唐宋時送別曲，詞乃王維《送元二使安西》絕句，因多重唱三遍，故稱三疊。

2 眵（粵：癡；普：chī）：眼屎。

3 揉腮撧（粵：厥；普：juē）耳：抓耳撓腮。

4 呆答孩：發癡、發呆的樣子。閉口藏舌：說不出話來。

5 花兒草兒：指拈花惹草之事。風聲：消息。

6 身己：身體。

7 雁杳魚沉：古有魚雁傳書故事，此指音信斷絕。

8 甚實：何時。丟抹：同「丟丟抹抹」，打扮之意。

9 窮家活：窮困的生活。逐日繃拽：每日勉強支撐。

10 一百五日上墳的日月：自冬至過一百五日，為寒食節，即清明節前一日，傳統習俗為踏青掃墓的時節。

11 二十四夜祭灶的時節：舊曆臘月二十四為民間祭祀灶神的節日。

12 篤篤寞寞：宋元俗語，即「篤寞」的重言，周旋、徘徊的意思。巴結：辛苦、努力。

13 孤孤另另：即孤零。咨嗟：歎息。

賞析與點評

劉庭信這三首《折桂令》寫別離之情，前後兩首都是從女子視角着筆，中間一首從男子着筆，巧妙運用聯璧對等對仗手法，將離別及離別之後的思念之情寫得極為誇張，一些疊字的使用又讓全曲讀來鏗鏘有力，氣氛緊張而又別有趣味。

蘭楚芳

蘭楚芳，西域人，生卒年不詳。曾任江西元帥。曾與劉庭信在武昌賡和樂章，時人譽為元、白。今存小令九首，套數三篇。

【南呂・四塊玉】風情

我事事村[1]，他般般醜[2]。醜則醜，村則村，意相投。則為他醜心兒真，博得我村情兒厚。似這般醜眷屬、村配偶，只除天上有。

注釋

1 事事：樣樣。村：村野，粗俗。

2 般般：件件。

賞析與點評

蘭楚芳這首《四塊玉》寫男女愛情，但不同於傳統詩文中常見的才子佳人模式，而是選擇了一對「愚夫愚婦」，兩人的真心相對也是另一種佳偶天成，讀來別具風味。

【雙調·沉醉東風】

金機響空聞玉梭，粉牆高似隔銀河。[1]閒繡牀，紗窗下過，佯咳嗽噴絨香唾[2]。頻喚梅香為甚麼[3]，則要他認的那聲音兒是我。

注釋

1「金機」兩句：意謂自己與情人如同天上的牛郎、織女一樣，很難有機會見面。
2 佯：假裝。此句謂假裝咳嗽以引起情人的注意。
3 頻：不斷，反覆。此句謂不斷地叫喚侍女，以便讓情人聽出是自己的聲音。

賞析與點評

這首曲子描寫戀愛中女子的言行、心理，極為貼切生動。

高明

高明，字則誠，號菜根道人。永嘉平陽（今浙江溫州瑞安）人。約生於元成宗大德年間，至正五年進士，授處州錄事，辟丞相掾。為官正直清廉，多與上司不和，故常常辭官隱退，任職時間均不長。後專心撰寫戲文《琵琶記》。卒於明初，年七十餘。《琵琶記》外，又有詩文集《柔可齋集》。今存散曲小令兩支，套數一篇。

【商調・金絡索掛梧桐】[1] 詠別

羞看鏡裏花[2]，憔悴難禁架[3]，耽閣眉兒淡了叫誰畫。[4]最苦魂夢飛繞天涯，須信流年鬢有華[5]。紅顏自古多薄命，莫怨東風當自嗟。[6]無人處，盈盈珠淚偷彈灑琵琶。恨那時錯認冤家[7]，說盡了癡心話。

又

一杯別酒闌[8]，三唱陽關罷，萬里雲山兩下相牽掛。念奴半點情與伊家[9]，分付些兒莫記差。不如收拾閒風月[10]，再休惹朱雀橋邊野草花。[11]無人把，萋萋芳草隨君到天涯[12]。準備着夜雨梧桐，和淚點常飄灑。

注釋

1 元人散曲多為北曲，南曲較少，高則誠這兩首《金絡索掛梧桐》都是南曲。

2 鏡裏花：比喻自己的容顏。

3 難禁架：難當，難耐。

4「眉兒淡了」句：此處暗用漢張敞為妻畫眉的故事。

5 流年：年華，謂其如流水之易逝。鬢有華：兩鬢斑白。

6「紅顏」二句：化用歐陽修《再和明妃曲》詩：「紅顏勝人多薄命，莫怨春風當自嗟。」

7 冤家：情人的愛稱。

8 闌：闌珊、將盡未盡。與後文「三唱陽關罷」的「罷」字同義。

9 伊：你。家：語氣助詞。

10 收拾：意謂擺脱、結束。閒風月：比喻非正式的男女情愛。

11 「再休惹」句：是説不要招蜂惹蝶，尋花問柳。劉禹錫《烏衣巷》詩有：「朱雀橋邊野草花，烏衣巷口夕陽斜。」此係借用其句而不用其詩。

12 萋萋芳草：漢劉安《招隱士》賦有：「王孫遊兮不歸，春草生兮萋萋。」萋萋，草木茂盛的樣子。

賞析與點評

高則誠這兩首曲子均係離別之曲。前一首寫女子別後之相思，憔悴暗怨，難以自持，惟有暗地落淚，悔恨當初錯許了終生，才致今日相思之痛苦；後一首寫女子送別時對郎君的叮囑，殷切纏綿，深情款款。

湯式

湯式，字舜民，號菊莊，寧波（今浙江寧波）人。約生活於元末明初。生平不詳。初為本縣吏，後落魄江湖間。曾長期居住在南京。明成祖在燕邸時，待其甚厚，永樂間仍有賞賜。性滑稽，工散曲，有《筆花集》，頗負盛名。著有雜劇《瑞仙亭》、《嬌紅記》兩種，皆失傳。現存小令一百七十首，套數六十八篇。

【正宮・小梁州】揚子江阻風

篷窗風急雨絲絲，悶撚吟髭[1]。維揚西望渺何之[2]，無一個鱗鴻至[3]，把酒問篙師[4]。【幺】他迎頭兒便說干戈事，待風流再莫追思。塌了酒樓，焚了茶肆。柳營花市[5]，更說甚呼燕子喚鶯兒。

九日渡江

秋風江上棹孤舟，煙水悠悠，傷心無句賦登樓。[6]山容瘦，老樹替人愁。【幺】樽前醉把茱萸嗅[7]，問相知幾個白頭。樂可酬，人非舊。黃花時候[8]，難比舊風流。

又

秋風江上棹孤航，煙水茫茫，白雲西去雁南翔。推篷望，清思滿滄浪[9]。【幺】東籬載酒陶元亮，[10]等閒間過了重陽。自感傷，何情況。黃花惆悵，空作去年香。

注釋

1 髭：嘴上邊的鬍子。

2 維揚：指揚州。

3 鱗鴻：代指書信。

4 篙師：船夫。

5 柳營花市：妓院一類的場所。

6「傷心」句：漢末王粲去荊州投奔劉表，未被禮遇，偶登當陽城樓，作《登樓賦》抒發其懷才不遇之感。此則反其義而用之。

7 茱萸：一種有香氣的植物。古代風俗，重陽日佩茱萸登高，飲菊花酒，可以避災。此句化用杜甫《九日藍田崔氏莊》：「明年此會知誰健，醉把茱萸仔細看。」

8 黃花時候：意謂又是菊花開放的時節。

9 滄浪：泛指青蒼色的水。

10「東籬」句：晉陶潛，字淵明，或云字淵明，名元亮。陶淵明《飲酒》詩有「採菊東籬下，悠然見南山」。故此處「東籬」、「元亮」皆指陶潛。

賞析與點評

湯式這三首《小梁州》主要抒發羈旅行役之愁，第一首中還滲透了一種故國之思。第二、三兩首都作於重陽節，因此羈旅行役之愁中還包含思親念家之情。

【中呂·謁金門】落花二令

落花，落花，紅雨似紛紛下。東風吹傍小窗紗，撒滿鞦韆架。忙喚梅香，休教踐踏。步蒼苔選瓣兒拿。愛他，愛他，擎托在鮫綃帕[1]。

又

落紅，落紅，點點胭脂重。不因啼鳥不因風，自是春搬弄。亂撒樓臺，低撲簾櫳。一片西一片東。雨雨，風風，怎發付孤棲鳳。[2]

注釋

1 鮫綃帕：即手帕。鮫綃，傳說由鮫人所織的綃，極為輕薄。

2「怎發付」句：是說孤單棲身的我怎生對付。

賞析與點評

這兩首乃詠物之曲，吟詠「落花」，細敘落花種種，實際乃是藉詠落花而抒發閨怨之情，非常婉轉含蓄，風味與詞較為接近。

【雙調・蟾宮曲】

冷清清人在西廂，叫一聲張郎，罵一聲張郎[1]。亂紛紛花落東牆，問一會紅娘，絮一會紅娘。[2]枕兒餘，衾兒剩，溫一半繡牀，閒一半繡牀。風兒斜，月兒細，開一扇紗窗，掩一扇紗窗。蕩悠悠夢繞高唐[3]，縈一寸柔腸，斷一寸柔腸。

注釋

1 張郎：即《西廂記》的男主角張君瑞。

2「絮一會紅娘」句：意謂絮絮叨叨地問紅娘有沒有張生來到的消息。

3 高唐：本是楚王與巫山神女歡會之地，後常用來代指男女歡愛之事。

賞析與點評

這首《蟾宮曲》運用了重句體，即如「叫一聲張郎，罵一聲張郎」，僅僅換一個動詞而重複整個句子，為元曲巧體之一。曲中重點表現了崔鶯鶯等候張生赴約前的忐忑不安心情，但曲家對鶯鶯形象有所改造，比《西廂記》中要大膽奔放許多。如曲中對張生又是叫又是罵的，還直接問紅娘張生的訊息，《西廂記》中則是遮遮掩掩含蓄許多。

【雙調・慶東原】京口夜泊[1]

故園一千里，孤帆數日程，倚篷窗自歎飄泊命。城頭鼓聲，江心浪聲，山頂鐘聲。一夜夢難成，三處愁相並[3]。

注釋

1 京口：今江蘇省鎮江市。

2 飄泊：流離無定。

3 三處：指城頭、江心和山頂。

賞析與點評

這首曲寫羈旅感懷，中間「城頭」句一組鼎足對用得極為自然貼切，富有層次感，又照應結尾之愁，寫出內心複雜的感情。

【中呂・滿庭芳】京口感懷

殘花剩柳，摧垣廢屋，新塚荒丘[1]。海門天塹還依舊，滾滾東流。鐵甕城橫刺着虎口[2]，金山寺高鎮着鼇頭[3]。斜陽候，吟登舵樓，燈火望揚州。

注釋

1 新塚：新墳。

2 鐵甕城：鎮江北固山前的古城，牢不可破，故號鐵甕。

3 金山寺：鎮江西北金山上的名寺。

賞析與點評

湯式這首《滿庭芳》感時傷世，高古蒼涼，為曲中所鮮見。

楊訥

楊訥，生卒年不詳。字景賢，或作景言，號汝齋。蒙古人，居錢塘。因從姐夫楊鎮撫，人以楊姓稱之。善琵琶，好戲謔，樂府出人頭地。與賈仲明相交善。永樂初，與賈仲明、湯式同遇恩寵。後卒於金陵。著有雜劇《風月海棠亭》、《生死夫妻》、《劉行首》、《西遊記》四種，前兩種今佚，後兩種存。現存小令兩首，套數一篇。

【中呂・紅繡鞋】詠虼蚤[1]

小則小偏能走跳，咬一口一似針挑[2]。領兒上走到褲兒腰，眼睜睜拿不住，身材兒怎生撈。翻個筋斗不見了。

注釋

1 虼（粵：吉；普：gè）蚤：跳蚤。

2 一似：好似。

賞析與點評

元曲不避俚俗，一是不避俚言俗語，一是不避俗題，此曲完全體現了這兩個方面，讀來覺得煞有介事而又滑稽可喜。

邵亨貞

邵亨貞（一三〇九—一四〇一），字復孺，號清溪，雲間（今上海松江縣）人。主要生活於元末明初。元時曾官松江訓導，為子所累罷官，遠戍潁上，後赦還。通博敏贍，雖陰陽醫卜之書，無不精通。詩文外還長於書法，著有《野處集》、《議術詩選》、《議術詞選》。今存小令兩首。

【越調．憑闌人】題曹雲西翁贈妓小畫[1]

誰寫江南一段秋，妝點錢塘蘇小樓[2]？樓中多少愁，楚山無斷頭。

注釋

1 曹雲西：曹知白號雲西，華亭（今上海松江）人，元代山水畫家。

2 蘇小：蘇小小，南朝齊時錢塘名妓，葬於西湖邊。據傳蘇小小嘗作古詞云：「妾乘油壁車，郎跨青驄馬。何處結同心，西陵松柏下。」唐代著名詩人白居易、劉禹錫皆有詩稱之，故唐宋以來蘇小小甚為有名。

賞析與點評

此為題畫之作，然而同一般題畫作不同的是曲家並不重在介紹畫作內容，而是在稍微點明後強調自己的感受，並將之同畫作結合起來，渾然一體，前後又緊密照應，誠為妙筆。

劉燕哥

劉燕哥，生平不詳。元代歌伎。張思岩《詞林紀事》引《青泥蓮花記》云：「劉燕哥善歌舞。齊參議還山東，劉賦《太常引》以餞，至今膾炙人口。」今存小令一首。

【仙呂・太常引】餞齊參議歸山東

故人送我出陽關[1]，無計鎖雕鞍[2]。今古別離難，兀誰畫蛾眉遠山[3]。一樽別酒，一聲杜宇，寂寞又春殘。明月小樓間，第一夜相思淚彈[4]。

注釋

1 陽關：關名，在甘肅敦煌西南，泛指送別之地。

2 鎖雕鞍：是說將人留住。雕鞍，有雕飾的馬鞍。

3 兀誰：誰。兀，代詞前綴，無實際意義。遠山：畫眉樣式之一，據傳形如遠山，稱遠山眉。

4 第一夜相思：離別的第一夜，備感痛苦。

賞析與點評

此曲為酒別離曲，寫得極為真摯感人。曲家將現今之離別同別後的感受結合起來寫，虛實相間，極富韻味。《古今詞話》、《詞苑萃編》等都注云：「傳唱一時，膾炙人口。」

無名氏

【正宮・醉太平】譏貪小利者

奪泥燕口[1]，削鐵針頭[2]，刮金佛面細搜求[3]，無中覓有。鵪鶉膆裏尋豌豆[4]，鷺鷥腿上劈精肉[5]，蚊子腹內刳脂油[6]。虧老先生下手！

注釋

1 奪泥燕口：從燕子口裏奪泥。泥，指燕子築巢所用的泥土。

2 削鐵針頭：從針頭上削鐵。

3 刮金佛面：從佛像面上刮金粉。

4 鵪鶉：鳥名，頭尾短，狀如小雞。膆（粵：素；普：sù）：鳥類的食囊。

5 鷺鷥：水鳥名，腿長而細瘦，棲沼澤中，捕食魚類。劈：用刀刮。精肉：瘦肉。

6 刳（粵：枯；普：kū）：剖、挖。

賞析與點評

這首小曲譏刺那些吝嗇貪圖小利之人，極盡誇張之能事，讀來讓人忍俊不禁，為之捧腹。

這類曲是諧趣的代表，多見於諷刺調侃之中，元末頗多。

【正宮·醉太平】[1]

堂堂大元[2]，奸佞專權[3]。開河變鈔禍根源[4]，惹紅巾萬千[5]。官法濫[6]，刑法重，黎民怨。人吃人，鈔買鈔[7]，何曾見。賊做官，官做賊，混愚賢。哀哉可憐！

注釋

1 這首曲在元末流傳甚廣，本見元末明初人陶宗儀《輟耕錄》卷二十二。原注云：

「《醉太平》小令一闋，不知誰所造。自京師至江南，人人能道之。」

2 **堂堂大元**：堂堂，氣象宏大莊嚴。

3 **奸佞**：巧言諂媚的壞人。指元末丞相脱脱、參議賈魯等人。

4 **開河**：指統治者藉治理黃河而擾民傷財。據史書載，元至正十一年（一三五一），右丞相脱脱、參議賈魯等曾以修復河道為名，擾民斂財。變鈔：說的是鈔法的弊端。據史書載，元至元二十四年（一二八七），始行鈔法（紙幣），稱至元鈔；至正十年，更定鈔法，是為至正鈔，紙質低劣，不久即腐爛，不堪轉換，弄得物價騰貴，民怨沸騰。

5 **紅巾**：元末以韓山童、劉福通為首的農民起義軍，義軍都用紅巾裹頭，故名。

6 **官法濫**：指官吏貪污成風和拿錢買官。

7 **鈔買鈔**：指更定鈔法後，舊鈔與新鈔的倒換買賣。

賞析與點評

這首小曲猶如一道檄文，深刻揭露元末社會黑暗政治的種種表現，以及造成這種情況的根源，曲家眼光深邃，也預見了這種病態社會的根本結局。曲家滿懷憤慨，情感激烈，曲語鏗鏘有力，讀來淋漓痛快。

【正宮·塞鴻秋】山行警

東邊路西邊路南邊路，五里鋪七里鋪十里鋪[1]，行一步盼一步懶一步。霎時間天也暮日也暮雲也暮，斜陽滿地鋪，回首生煙霧。兀的不山無數水無數情無數[2]。

宴畢警

燈也照星也照月也照，東邊笑西邊笑南邊笑，忽聽得鈞天樂簫韶樂雲和樂[3]，合着這大石調小石調黃鐘調[4]。銀花遍地飄，火樹連天照[5]。喜的是君有道臣有道國有道。

村夫飲

賓也醉主也醉僕也醉，唱一會舞一會笑一會，管甚麼三十歲五十歲八十歲，你也跪他也跪恁也跪[6]。無甚繁弦急管催[7]，吃到紅輪日西墜，打的那盤也碎碟也碎碗也碎。

又

愛他時似愛初生月[8]，喜他時似喜梅梢月，想他時道幾首西江月[9]，盼他時似盼辰鉤月[10]。當初意兒別，今日相抛撇[11]，要相逢似水底撈月。

注釋

1 鋪：古代的驛站或兵站，可為旅客提供食宿，與亭同，為五里一設或十里一設。

2 兀的不：如何不，怎不。

3 鈞天樂、簫韶樂、雲和樂：三種曲調名，唐宋以來宮廷及上流社會經常演奏。

4 大石調、小石調、黃鐘調：都是宮調名。

5 銀花、火樹：形容燈光、煙火絢麗燦爛。蘇味道《正月十五》詩：「火樹銀花合，星橋鐵鎖開。」

6 跪：指跪坐。

7 繁弦急管：繁多熱鬧的音樂伴奏。宋晏殊《蝶戀花》詞：「繡幕捲波香引穗，急管繁弦，共愛人間瑞。」

8 這支《塞鴻秋》為嵌字體，每句嵌一「月」字。

9 西江月：本唐教坊曲名，今詞牌名。

10 辰鈎：即水星。古人認為這種星不易看見。《西廂記》：「似這等辰鈎，空把佳期盼。」

11 拋撇：拋棄。

賞析與點評

這幾首《塞鴻秋》頗具特色，巧用疊字或是嵌字，層層推進，饒有風味。第一首寫送別之情，將不捨別離的依依之情表現得極為突出；第二首乃歌頌太平之作，文字頗工，意境尋常；第三首描寫普通人醉酒，刻畫細緻；前三首風格較為一致，似應出自同一人手筆。第四首嵌字，將自然之月與詞牌等月字巧妙結合，展示兩人情感的發展變化，極有趣味。

【仙呂・一半兒】

南樓昨夜雁聲悲，[1] 良夜迢迢玉漏遲[2]。蒼梧樹底葉成堆，被風吹，一半兒沾泥一半兒飛。

注釋

1 「南樓」句：化用唐趙嘏《寒塘》詩：「鄉心正無限，一雁過南樓。」

2 玉漏：計時的漏壺。

【仙呂・遊四門】

海棠花下月明時，有約暗通私[1]。不甫能等得紅娘至[2]，欲審舊題詩[3]。支，關上角門兒[4]。

注釋

1 有約暗通私：即幽情密約。

2 不甫能：剛剛，恰才。

3 審：問明。

4 角門：邊門。

賞析與點評

這首曲乃是敷衍《西廂記》故事而來，選取的就是月下偷期那一節，刻畫女主角心情較為細膩入微。

【仙呂·寄生草】

人百歲，七十稀[1]。想着他羅裙窄地宮腰細[2]，花鈿漬粉秋波媚[3]，金釵攲枕烏雲墜[4]。暮年翻憶少年遊[5]，不如今朝醉了明朝醉。

又

有幾句知心話，本待要訴與他。對神前剪下青絲髮，背爺娘暗約在湖山下，冷清清濕透凌波襪[6]。恰相逢和我意兒差，不剌你不來時還我香羅帕[7]。

又

猛見他朱簾下過，引的人沒亂煞，少一枝楊柳瓶中插，少一串數珠胸前掛，少一個化生兒立在傍壁下[8]。人道是章臺路柳出牆花[9]，我猜做靈山會上活菩薩[10]。

注釋

1 七十稀：古時認為人活到七十歲較為少見，故稱七十歲為古稀之年。杜甫《曲江》詩：「酒債尋常行處有，人生七十古來稀。」

2 窣（粵：恤；普：sū）地：拂地。宮腰：瘦腰。

3 花鈿：花形頭飾。秋波：指眼睛明亮如水。

4 欹：斜，側。烏雲：指秀髮。

5 翻憶：回憶。

6 凌波襪：即秀襪，曹植《洛神賦》：「凌波微步，羅襪生塵。」

7 不剌：係襯字，為話語搭頭性質，如同說兀良或兀刺，常用來轉接語氣。關漢卿《拜月亭》雜劇：「我怨感我合哽咽，不剌你啼哭你為甚迭？」

8 化生兒：本指蠟製的嬰孩畫像。古時風俗，於七夕弄化生，祝人生子。薛能《吳姬》

詩：「芙蓉殿上中元日，水拍銀盤弄化生。」這裏形容女子玲瓏可愛。

9 **章臺路柳出牆花**：指妓女。章臺路，為漢代長安城歌伎集中居住的一條街道。

10 **靈山會**：佛教盛會。靈山，佛家稱靈鷲山為靈山。《五燈會元》：「世尊在靈山會上，拈花示眾。」

賞析與點評

這三首曲子都是寫男女之情，多選取生活中場景或是小細節，展示男女情愛心理。第一首藉暮年追憶少年遊展示情場的懺悔；第二首寫女子赴約男子未來時的糾結心情；第三首寫男子的一見鍾情。曲子多源於民間俚俗，曲詞也比較通透直白。

【中呂・喜春來】

天孫一夜停機暇[1]，人世千家乞巧忙[2]，想雙星心事密話兒長[3]。七月七，回首笑三郎[4]。

又

傷心白髮三千丈，[5]過眼金釵十二行[6]。老來休說少年狂。都是謊，樽有酒且徜徉[7]。

又

窄裁衫褙安排瘦[8]，淡掃蛾眉準備愁[9]。思君一度一登樓[10]。凝望久，雁過楚天秋。

注釋

1 天孫：織女。暇：空閒。

2 乞巧：農曆七月七日，民間稱乞巧節，七夕夜婦女對月穿針，向織女祈求智巧，故稱。

3 雙星：牽牛星與織女星。密話兒：悄悄話，此指情話。

4 三郎：唐玄宗李隆基的小名。

5「傷心白髮」句：化用李白《秋浦歌》詩：「白髮三千丈，緣愁似個長。」

6 金釵十二行：比喻歌舞之盛，據說唐牛僧孺家有金釵十二行，此用其典。

7 徜徉：悠閒自在地來回走。

8 褃（粵：指；普：kèn）：衣服腋下前後相連的部分。

9 掃蛾眉：畫眉，代指梳妝打扮。

10 一度：一回，一次。

賞析與點評

這三首《喜春來》題材不一，第一首寫民俗，第二首抒發閒適之情，第三首寫閨怨，都比較淡雅清麗，有小詞風味。

【中呂・紅繡鞋】[1]

一兩句別人閒話，三四日不把門踏[2]，五六日不來呵在誰家？七八遍買龜兒卦[3]，久已後見他麼，十分的憔悴煞。

又

我為你吃娘打罵，你為我棄業拋家。我為你胭脂不曾搽，你為我休了媳婦，我為你剪了頭髮。咱兩個一般的憔悴煞[4]。

又

裁剪下才郎名諱[5]，端詳了輾轉傷悲。把兩個字燈焰上燎成灰[6]，或擦在雙鬢角，或畫作遠山眉[6]。則要我眼跟前常見你。

注釋

1 此曲為嵌字體（元曲巧體之一），每句嵌一數字，自一至十。元曲中也有分別嵌數字自十至一的，如鄭光祖《倩女離魂》第三折《堯民歌》：「想十年身到鳳凰池，和九卿相八元輔勸金杯，則他那七言詩六合裏少人及，端的個五福全四氣備佔倫魁，震三月春雷，雙親行先報喜，都為這一紙登科記。」

2 蹅（粵：叉；普：chă）：宋元俗語，踏。

3 買龜兒卦：出錢算卦。

4 一般：一樣。

5 名諱：名字。古時對尊者忌諱直呼其名，故云。
6 燎：燃燒。
7 遠山眉：眉妝之一，非常秀麗淡雅。劉歆《西京雜記》卷二：「文君姣好，眉色如望遠山，臉際常若芙蓉，肌膚柔滑如脂，十七而寡，為人放誕風流，故悅長卿之才而越禮焉。」

賞析與點評

這三首曲子都是寫男女愛情。第一首巧用嵌字體，將兩人尚不穩定的感情及女子忐忑的心情寫得活靈活現；第二首則是民間男女偷情的表白，十分大膽熱辣；第三首源於民歌體，種種假設都只是為了表達深深的愛意，極為感人。

【中呂·朝天子】志感

不讀書有權，不識字有錢，不曉事倒有人誇薦。老天只恁忒心偏[1]，賢和愚無分辨。折挫英雄，消磨良善，越聰明越運蹇[2]。志高如魯連[3]，德高如閔騫[4]，依本分只落的人輕賤。

又

不讀書最高，不識字最好，不曉事倒有人誇俏。老天不肯辨清濁，好和歹沒條道。善的人欺，貧的人笑，讀書人都累倒。立身則小學，修身則大學[5]。智和能都不及鴨青鈔[6]。

又

早霞，晚霞，裝點廬山畫。仙翁何處煉丹砂[7]，一縷白雲下。客去齋餘[8]，人來茶罷，歎浮生指落花。楚家，漢家[9]，做了漁樵話[10]。

注釋

1 恁：如此。忒：太。

2 運蹇：命運惡劣。

3 魯連：魯仲連，戰國時齊國高士，善於謀劃，常周遊各國，為人排難解紛而不受酬報。

4 閔騫：閔子騫，孔子弟子，以德行著稱。

5 小學：《大戴禮記》云：「古者年八歲而出就外舍，學小藝焉，履小節焉。束髮而就太學，學大藝焉，履大節焉。」故云「立身則小學，修身則大學」。

6 鴨青鈔：錢、鈔票。

7 丹砂：道家燒煉製丹以求長生不老的原料。

8 齋餘：素食之餘，飯後。

9 楚家、漢家：指楚漢爭霸之事。

10 漁樵話：漁人、樵夫的閒談。

賞析與點評

這三首《朝天子》，前兩首與後一首差異較大，主要因前兩首多用襯字。這幾首曲子名為「志感」，實際上是對黑暗社會的強烈抨擊與諷刺。第一首鋒芒直指元代政治制度，廣大知識分子有才無用，沉淪下僚，而小人奸賊身居高位；第二首則抨擊元代社會道德淪喪的現實。社會拜金化、物質化，崇尚愚昧無知，全無善惡之分。入木三分，字字見血，現今讀來依然動人心魄，不禁讓人扼腕歎息。

【中呂・十二月過堯民歌】

【十二月】看看的相思病成，怕的是八扇帷屏。一扇兒雙漸蘇卿[1]，一扇兒君瑞鶯鶯[2]，一扇兒越娘背燈[3]，一扇兒煮海張生[4]。【堯民歌】一扇兒桃園仙子遇劉晨[5]，一扇兒崔懷寶逢着薛瓊瓊[6]，一扇兒謝天香改嫁柳耆卿[7]，一扇兒劉盼盼昧殺八官人[8]。哎，天公，教他對成對，偏俺合孤另[9]。

注釋

1 雙漸蘇卿：即雙漸與蘇卿故事，參見前關漢卿《雙調・大德歌・雙漸蘇卿》注釋1。

2 君瑞鶯鶯：即張生與崔鶯鶯故事，王實甫有《西廂記》演其事。

3 越娘背燈：事見《青瑣高議・越娘記》。越娘是越地女子，受辱後自縊於松林，鬼魂與楊舜愈初會時，面壁背燈不語。元人有《鳳凰坡越娘背燈》雜劇，今不傳。

4 煮海張生：指張生與龍女的神話故事。潮州儒生張羽與龍女相愛，本擬元宵相聚，奈何為龍王所阻，張生便以仙姑所贈寶物銀鍋煮海，龍王不得已招張生入海婚配。元人李好古有《沙門島張生煮海》雜劇。

5 桃園仙子遇劉晨：指東漢劉晨、阮肇入桃源遇仙子的故事。元人有《劉晨阮肇誤入桃源》雜劇演其事。

6 崔懷寶逢着薛瓊瓊：事見《歲時廣記》及《麗情集》。少女薛瓊瓊清明遊賞踏青，與崔懷寶相逢，情投意合，經樂供奉楊羔撮合，結成婚姻。元人有《崔懷寶月夜聞箏》戲文演其事。現存佚曲十一支。

7 謝天香改嫁柳耆卿：指妓女謝天香與柳耆卿的故事。柳耆卿與謝天香熱戀，不想求取功名，大尹把謝天香娶回家中，逼使耆卿上京應考，及第後，讓他們夫妻團圓。關漢卿有《大尹智寵謝天香》雜劇演其事。

8 劉盼盼昧殺八官人：妓女劉盼盼淪落風塵中，與八官人結為夫妻。元人有《劉盼盼》雜劇演其事，今已亡佚。

9 合：應當。孤另：即孤零。

賞析與點評

這首帶過曲寫閨怨，曲家主要用賦體筆法，以八種當時流行的才子佳人、成雙成對故事來反襯閨中人的孤單。此曲也保留了當時民間流行戲文的重要資料。

【黃鐘·紅錦袍】

那老子彭澤縣懶坐衙[1]，倦將文案押[2]，數十日不上馬。柴門掩上咱，籬下看黃花[3]。愛的是綠水青山。見一個白衣人來報[4]，來報五柳莊幽靜煞[5]。

注釋

1 老子：指陶淵明。彭澤縣：陶淵明曾擔任了八十一天彭澤縣令。

2 押：在文書、字畫、契據上署名或書記號。

3 籬下看黃花：陶淵明《飲酒》詩：「採菊東籬下，悠然見南山。」

4 白衣人：指使者。

5 五柳莊：陶淵明棄官歸田之後，自號五柳先生。

賞析與點評

這支曲以敘事筆法寫陶淵明歸隱之事，緊抓幾個反映陶淵明志趣的意象，如菊、山等，又切合陶淵明之詩文，流暢自然，讀來別有佳趣。

【大石調・陽關三疊】[1]

渭城朝雨浥輕塵[2]，更灑遍客舍青青。弄柔凝千縷，更灑遍客舍青青。弄柔凝翠色，更灑遍客舍青青，弄柔凝柳色新。休煩惱，勸君更盡一杯酒，人生會少。自古富貴功名有定分。休煩惱，勸君更盡一杯酒，舊遊如夢，只恐怕西出陽關，眼前無故人！休煩惱，勸君更盡一杯酒，只恐怕西出陽關，眼前無故人！

注釋

1 王維《送元二使安西》原詩為：「渭城朝雨浥輕塵，客舍青青柳色新。勸君更盡一杯酒，西出陽關無故人。」此詩自唐代以來即傳唱甚廣，此曲即敷衍此詩而來，只是改換曲調，聲詞也多有變化，以便於曲的演唱，曲意則並無多大變化。

2 浥：沾濕。

【商調・梧葉兒】嘲女人身長[1]

身材大膞項長，難匹配怎成雙。只道是巨無霸的女[2]，原來是顯神道的娘[3]。

我這裏細端詳，還只怕你明年又長。

嘲謊人

東村裏雞生鳳，南莊上馬變牛，六月裏裹皮裘。瓦壟上宜栽樹[4]，陽溝裏好駕舟[5]，甕來大肉饅頭[6]。俺家的茄子大如斗。

注釋

1 嘲：調侃。身長：身材碩大。

2 巨無霸：亦作巨毋霸，西漢末巨人。據說為蓬萊人，長一丈，大十圍，軺車不能載，三馬不能勝。王莽留之於新豐，改姓為句無氏。後任其為尉，驅獸出陣，以助威。

3 神道：神祇，尤指天地之神。

4 瓦壟：屋頂上的瓦行。

5 陽溝：屋宅邊排水的淺溝。

6 甕來大：像甕缸那麼大。來，語氣助詞。

賞析與點評

這兩首《梧葉兒》取材於生活中的所見所聞，曲語俚俗，調侃戲謔意味頗濃，讀來頗為滑稽可喜。

【商調・梧葉兒】[1]

正月

年時節，元夜時，雲鬢插小桃枝。今年早，不見你，淚珠兒，滴滿了春衫袖兒。

三月

春三月，花滿枝，鞦韆惹綠楊絲。才蹴罷[2]，舒玉指，摸腰兒：誰拾得鮫綃帕兒[3]？

四月

清和節，近洛時，尋思了又尋思。新荷葉，渾廝似[4]。花面兒[5]，貼在我芙蓉額兒。

注釋

1 無名氏所作《梧葉兒》分詠十二月，今選其中三首。

2 蹴：即蹴鞠。鞠，古代的一種皮球。罷：結束。

3 鮫綃：傳說中鮫人所織的綃。亦藉指薄絹、輕紗。帕：即手帕。

4 渾廝似：還相似。

5 花面兒：古代婦女常在額上貼各種形狀、顏色的花子作為裝飾。花子又稱花面，這種風氣一直持續到明初。

賞析與點評

這幾首曲子藉詠時令來寫男女之情，有點類似詞中之《九張機》。這種寫法是將時令景物描寫同情感聯繫起來，可謂巧藉時令起興，實際上都在抒發相思懷人之情，所選幾首將少女心事寫得欲語還止，纖巧可喜。

【雙調・水仙子】張果老[1]

駝腰曲脊六旬高，皓首蒼髯年紀老，雲遊走遍紅塵道，駕白雲驢馱高，[2]向趙州城壓倒石橋。拄一條斑竹杖，穿一領粗布袍，也曾赴蟠桃[3]。

李嶽

筆尖吏業不侵奪，[4]跳入長生安樂窩。綢衫身上都穿破，鐵拐向內拖。亂哄哄髮似鬆科。豈想重裀臥[5]，不戀皓齒歌[6]，每日價散誕蹉跎[7]。

注釋

1 今存元散曲無名氏作《水仙子》八首，分別以八仙為題，今選其中兩首。

2「駕白雲」句：後世八仙傳説中，張果老的主要特點就是駕雲騎驢。

3 赴蟠桃：指張果老曾參加王母娘娘舉辦的蟠桃大會。

4「筆尖吏業」句：鐵拐李嶽被呂洞賓度脱前曾為刀筆吏，故云「筆尖吏業不侵奪」。

5 重裀：比喻富貴人家極其舒適的牀被。裀，墊子，褥子。

6 皓齒歌：代指聲色享受。皓齒，潔白的牙齒，代指美女。
7 散誕：逍遙自在。蹉跎：本指虛度光陰，此處與「散誕」同義。

賞析與點評

這是兩首人物曲，細緻描繪了張果老、鐵枴李兩人的外貌特徵和性格趨向，刻畫工細，栩栩如生。

更難得的是全曲保存了宋元時代八仙傳說中的相關資料，極為可貴。

【南呂・罵玉郎過感皇恩採茶歌】鑿兵

【罵玉郎】牛羊猶恐他驚散，我子索手不住緊遮攔[1]，恰才見槍刀軍馬無邊岸，唬的我無人處走。走到淺草裏聽，聽罷也向高阜處偷睛看[2]。【感皇恩】吸力力振動地戶天關[3]，唬的我撲撲的膽戰心寒[4]。那槍忽的早刺中彪軀，那刀亨地掘倒戰馬[5]，那漢撲地搶下征鞍[6]，俺牛羊散失，您可甚人馬平安？把一座介丘縣，生扭做枉死城，卻翻做鬼門關[7]。【採茶歌】敗殘軍受魔障[8]，得勝將馬奔頑[9]。子見他歪刺刺門過飲牛灣[10]，蕩的那卒律律紅塵遮望眼[11]，振的這滴溜溜紅葉落空山[12]。

注釋

1 子索：只得。

2 阜：土堆、小山崗。偷睛：偷看。

3 吸力力：擬聲詞。

4 撲撲：心跳聲。

5 忽、亨：都是象聲詞。彪軀：魁梧的身軀。掘倒：撂倒。

6 撲：擬聲詞。搶下：倒栽蔥跌下。

7 枉死城、鬼門關：佛教中地獄裏的地方。此喻傷亡人很多。

8 魔障：指災難。

9 奔頑：狂奔。

10 子：只。歪刺刺：擬聲詞，同「嘩啦啦」。

11 卒律律：擬聲詞，模擬起風的聲音。
12 滴溜溜：也是擬聲詞，模擬樹葉飄落的聲音。

賞析與點評

這首帶過曲借用牧羊人的眼光描述了一場激烈的戰爭。全曲以賦體手法展開，描寫細緻，有如高清攝像，特別是擬聲詞和動作的描寫，將戰爭場面直搬到讀者眼前，極為生動。

【雙調．水仙子】雜詠

臨行愁見整行李，幾日無心掃黛眉[1]。不如飲的奴先醉[2]，他行時我不記的，不強似眼睜睜兩下分離[3]？但去着三年五歲，更隔着千山萬水，知他甚日來的[4]？

喻紙鳶[5]

絲綸長線寄天涯[6]，縱放由咱手內把。紙糊披就裏沒牽掛，被狂風一任颭，線斷在海角天涯。收又收不下，見又不見他，知他流落在誰家？

注釋

1 掃黛眉：描眉，指梳妝打扮。

2 奴：女子的自稱。

3 不強似：勝過。

4 甚日：甚麼時間。來的：來得，得以回來。

5 紙鳶：風箏。此曲模擬閨中思婦的口吻，將遠遊在外的夫婿比喻為風箏，頗具詼諧趣味。

6 綸：數股合成的繩線。

賞析與點評

這兩首曲子寫閨怨，屬典型的民歌體，與傳統的曲子詞類似。

第一首寫女子不忍離別的愁苦心理活動，第二首寫對在外漂泊遊子的牽掛。其中第二首中以風箏比喻在外的丈夫，現在夫妻之間尚在通用，誠為妙喻。全曲曲語通俗，多以口語入曲。

名句索引

一至四畫

五畫

六至八畫

九畫

十一至十三畫

十四畫

十六畫及以上

雖無刎頸交，卻有忘機友。 ○二七

驟雨過，珍珠亂撒，打遍新荷。 ○一○

新 視 野
中華經典文庫

新 視 野
中華經典文庫